From Where You Dream

The Process of Writing Fiction

梦境风暴

无意识与小说写作

后浪

［美］罗伯特·奥伦·巴特勒 著　王旭 译
Robert Olen Butler

北京联合出版公司

致　谢

本书中的观点和见解是在许多人的帮助和启发下形成的。在这里，我想对他们表示深深的感谢。

首先，感谢西北大学口译系的元老级同事沃莱士·培根、莉拉·赫斯顿、夏洛特·李和罗伯特·布林。其实我觉得，初入写作领域的人在本科教育阶段能够得到的最好训练是口译，只是如今口译系基本上都并入了演讲系，变成了"表演学"。其次，我要感谢我的朋友兼导师阿纳托尔·布鲁瓦亚尔，还有我的父亲老罗伯特·奥伦·巴特勒，他教会了我人生中必须要做的事情，培养了我身上的其他品质。然后是我的儿子乔舒亚·巴特勒，我们经常在一起探讨故事叙述的本质。还有我的妻子伊丽莎白·杜伯里，她改变了我对许多事情的看法。我特别想感谢珍妮特·伯罗薇。她不仅给这个世界带来了许多优秀小说和非虚构作品，还馈赠了我友谊。她把我的课堂讲座整理编辑成了这本书，如果不是她，我在写作中的一些审美观就只能停留在课堂上。

最后，我和珍妮特还要感谢佛罗里达州立大学创意写作专业的学生们，他们无私地为本书贡献了自己的短篇小说和练习稿。还有尼基·路易斯，她为本书做了大量的准备工作。

罗伯特·奥伦·巴特勒

目 录

推荐序　05

第一部分　课堂讲稿

1. 新兵训练营　3
2. 那个"区"　18
3. 欲望　34
4. 心灵电影　59
5. 写作计划　83

第二部分　写作工坊

6. 阅读、文学批评和写作工坊　105
7. 垃圾故事　121
8. 个人逸事练习　139
9. 写作练习　165

第三部分　故事与分析

10. 弗拉门戈　埃里克·西萨科　191
11. 我的那些不可能　布朗迪·T. 威尔逊　214
12. 瓦尔肯的那个夏天　丽塔·梅·里斯　236

二〇〇一年秋,罗伯特·奥伦·巴特勒发起了一个展示写作过程的网络活动,作为他创意写作课程的补充。在十七次单场时长两小时的网络直播中,他创作了一篇短篇小说,展示了从最初构思到成稿润色的整个过程。

推荐序

二十世纪八十年代初，戏剧作家玛丽亚·艾琳·福恩斯[1]在佛罗里达州立大学举办了一系列写作研讨会。那时我已经教了十多年写作课，还出版了《小说写作：叙事技巧指南》（*Writing Fiction: A Guide to Narrative Craft*）。看到她在课堂上教给学生的写作方法后，虽然说不上受到伤害，但还是感到了强烈的不安和困惑。她让我们跳健美操，把我们分成两人一组，让我们把对方画出来，还让我们想象肚子里是什么样子的，让我们把肚子当舞台，在里面演戏剧。上完最后一节课后，我跟她说："关于写作，我琢磨了二十年，你一来，我以前的想法都变了。"

听我这样说，她双手在空中使劲一拍，说："就要这样啊，你得时刻准备改变自己的写作过程。每个写作者的体内都有两个自我，一个很想写，另一个又不想写。想写的那个就要一直想办法去骗那个不想写的。"

---

[1] 美国著名剧作家、导演、戏剧教育家，对美国戏剧界的影响极其深远。——本书注释均为译者注。

我把她的这个建议铭记于心，从此之后不断地寻求改变。有时拉长进程，有时彻底改变，有时会用一些小伎俩。除了福恩斯，作家罗伯特·奥伦·巴特勒也让我有了重大改变。二〇〇〇年，他被佛罗里达州立大学聘为埃普斯荣誉教授，主要讲授创意写作课。在课堂上，他大多数时间就是在讲，学生不需要画东西，不需要跳舞，不需要被分成小组，但他和福恩斯一样，为我的潜意识打开了一扇门，让我意识到了自己可以从哪里开始小说创作。

巴特勒学习过口译，也学习过表演，他的职业生涯是从演员开始的，所以可以说他的背景与戏剧有关。他在课堂里常提到的"方法写作"得益于莫斯科艺术剧院的导演康斯坦丁·斯坦尼斯拉夫斯基[1]。这位导演是二十世纪戏剧表演的革新人物，他的拍摄方法让电影有了表达人物情感的可能，被称为"斯坦尼斯拉夫斯基体系[2]"。此方法有两个原则。一、演员的身体是表演的工具，它们要灵活、强壮，要随时做好准备。二、表演技巧要永远臣服于真实感情。这两个原则在巴特勒讲授的小说创作过程中都有体现。只是在他这里，"身体"变成了"想象力"，成为作家创作的工具，它必须灵活、强壮，还要随时准备好带领读者感

---

[1] 苏联演员、戏剧导演、戏剧教育家和理论家，莫斯科艺术剧院创建者，以革新表演艺术而闻名，代表性理论作品是《演员的自我修养》。
[2] 世界三大表演体系之一，强调现实主义，主张演员要沉浸在角色的情感中，与角色融为一体，进入忘我之境，注重将观众拉入戏剧中。

受作品中的瞬间情感。"技巧"并不是普通的写作方法或思维,而是作家的潜意识王国,它可以让作者找到小说中的真实感。

二〇〇一年秋季,我跟着研究生们听了巴特勒的小说课,并做了许多笔记。下课后,又在实际的写作中用到了这些建议。后来我跟巴特勒说,既然他自己不愿意写"非虚构"作品,那就由我执笔,把他的课堂讲座分享给全球的读者。二〇〇二年秋季,我又去听他的课,发现他上课时带了一个迷你录音机,把课堂上讲的东西都录下来,然后让他的研究生尼基·路易斯一字不落地誊写下来。之后,我就把这些内容做了整理和修改。在课堂上,巴特勒会准备五张约五英寸[1]大小的卡片,每一张上面有一个主题,每节课他会随意抽取一张,然后按照这个主题即兴讲课。所以,在编辑的过程中,有时我会重新整理一些内容,如果学生对某个问题的回答比较适合正文部分,我也会把它们列入。另外,我对一些反复出现的内容做了调整和删除,删掉了他在即兴讲座中的语气词,但保留了演讲的自由和活力。总体来看,我的工作包含了校对和解读,但更接近校对。

巴特勒经常说,他的课程与他提出的写作建议完全相

---

[1] 1英寸=2.54厘米。

反。在课堂上,他会不断地进行总结、分析和抽象化,但其目的恰恰是为了抨击写作中的总结、分析和抽象化成分。他认为,写作者应该沉入无意识的"梦空间"中,去发现自己和作品人物内心深处的欲望,同时也应该沉入人物在故事中的瞬时情感中。而小说,则应以人物欲望为指南针,去探寻和挖掘人类的生存状态。他让学生做各种进入"梦空间"的练习,他对声音也有自己独到的见解。他把小说称作"心灵电影",非常有说服力。换句话说,他认为小说的读者可以从小说中看到电影中的一系列动作和场景。他设计了一套系统,可以让写作者从整体上去修改作品,而不是仅仅停留在修改句子的层面上。

许多写作者和写作教师(包括我)都很推崇自由写作。我们喜欢收集素材、撰写草稿,然后像做泥塑一样,把所有可能用到的词捏在一页纸上,好保证材料充足。但巴特勒就不一样,他的"写作王国"是一个冥想之地,是建立在人物的感官体验上的,需要作者有极大的耐心和高度的专注。他认为,这是写作者必须做到的,却不是想做就能做到的。

在巴特勒观点的指引下,经过一遍又一遍的模式化练习和启发,我写出了自己最棒的作品。我在一九七八年发表过一篇文章,后来被珍妮特·斯滕伯格收入她的《女作家谈写作》(*The Writer on Her Work*)中。在文章里我抱怨说:"写小说真是太痛苦、太烦人了,因为需要提前构思,提前想好结构。但我总想简单地让词汇从笔尖流出来,每次写小说,我都想着这么做,我只想很快写出一部不完美的作品……但我做不到。三天过去了,我才写了六页,其中还有那本已经放弃的《小说开头》(The Opening)的开头。而所有这些离我认为的'不完美'都还差得远,因为我要确定好人物、语调、读者的期待后,才可能动笔去写。这样,作品根本就不可能有进展。"巴特勒提出了一个小说创作中的"危险系统",针对的就是草稿型作者在写作中反复遇到的这个问题,他在书中也给出了解决方法。这种方法允许作者同时思考文章的结构、人物和主题,虽然它针对的是长篇小说,但我发现它也同样适用于短篇小说和戏剧。它帮助写作者绕开扭曲的理性思维,放弃写作中的"密谋过程"。

为了追求真实的感官体验,巴特勒很排斥概念性和抽象性元素,但他在课堂上却不断提出有深度和创意的观点,涉及自然科学、心理学和其他艺术学科,这会让读者有一种矛盾的愉悦感。比如第一章中提到的"五种感官体验方法",完全与一九九九年安东尼奥·达马西奥[1]在《感受发生的一切》(The Feeling of What Happens)一书中描述的

---

[1] 美国南加州大学神经科学、心理学和哲学教授,代表作有《笛卡尔的错误》《当自我来敲门》等。

神经系统研究相呼应。对这五种方法,他津津乐道了二十年。再比如他谈到写作者寻找故事结构,其实就是加布里埃尔·约西波维奇[1]在经典文论著作《世界与书》(The World and the Book)中谈到的纳撒尼尔·霍桑[2]遇到的困境。另外,他还认为狄更斯就是一个电影制片人,这个观点其实是解释和延伸了 D.W. 格里菲斯[3]的观点。

说实话,最开始我对他的观点也是有抵触的,就像我刚开始对福恩斯也有抵触一样。他非常重视所谓"沉迷",总提到"梦""无意识""入迷""欲望""白热化中心"和"艺术品"这些词,以前我对这些词是很反感的。了解我的人都知道,我自称"策划人",我相信巴特勒对这个称呼也一定很反感。另外,我还非常喜欢复杂的写作技巧,但巴特勒认为这会分散我的注意力;我非常重视逻辑思考,巴特勒又认为小说家不应该"思考"。

如果在教学领域按从专家到大师的标准来分级,那巴特勒绝对属于大师的级别。有一次我给研究生们布置的

---

[1] 小说家、剧作家、《泰晤士报文学副刊》定期撰稿人,代表作有《巴恩斯公墓》等。
[2] 美国十九世纪的浪漫主义小说家,美国心理分析小说和短篇小说之父,代表作有《红字》《古宅青苔》等。
[3] 美国早期电影界最著名的导演之一,代表作有《一个国家的诞生》《党同伐异》等。

阅读作业是安妮·迪拉德[1]的《写作生活》(The Writing Life），我很喜欢这本书，有个学生评论说："这作者真是太高尚了，我还是去逛凯马特超市算了。"巴特勒就是这样高尚的人，他对生活充满热情，对自己要求很高，非常自律。他的课堂又总是令人愉悦的，期待你的参与。

珍妮特·伯罗薇

---

[1] 美国作家、诗人、博物学者，曾获美国普利策文学奖，代表作有《听客溪的朝圣》。

第一部分

课堂讲稿

1. 新兵训练营

> 作为一名艺术家，永远都不要转移视线。——黑泽明

首先我想告诉大家，无论你现在是什么写作水平，如果你想成为作家，创作出有艺术水准的文学作品，无论这作品有多长，你都要明白文学创作过程中的一些基本事实。

我教创意写作已经将近二十年了，也读过许多作者的作品，有些作者也是很有潜力的。但可惜的是，几乎所有作者——真的是"所有"——都没有下意识地把握小说创作过程中最重要的东西。这可能是因为创意写作这门学科目前在美国存在许多问题，也可能是因为虚构作品本身、语言本身或是艺术审美的局限，还可能是因为写作者太年轻，当然也可能是因为没人明确地告诉过他们这一点，但最可能的原因还是写作过程出现了致命问题。

在以后的课堂上，我会严格点评大家的所有作品。学生们把我的课堂称作"新兵训练营"就是这个原因。当然，我在点评时，态度会尽量友善一些，也会尽量去鼓励大家。

坦白告诉你们，在出版第一本小说《伊甸园后街》（*The Alleys of Eden*）之前，我写过一百多万字的垃圾，包括五部长篇和四十篇短篇，还有十二部标准长度的戏剧，听起来是不是有点儿不可思议？我在写作过程中犯过许多致命的错误，我以我的房子做赌注，我敢说你们以后一定也会犯这些错误，所以我希望能帮助你们，希望你们在创作中避开这些错误。但我有一个前提：你们一定要敞开心扉，时刻准备着打开情感之门，认真听我讲的东西，接受我对作品的建议，包括已经完成的和将要创作的作品。如果做不到，我建议你们不要来听我的课。在接下来的日子里，有些人可能会觉得很难熬，会觉得很心烦，但我知道，这些人同时一定也能感受到这一切的价值所在。

既然坐在这儿，你们一定都渴望成为伟大的作家，创作出万古流芳的作品，去揭露人类世界最真实的东西。你们来对地方了！我一定会认真严肃地对待你们和你们的梦想，我希望你们也要严肃地对待自己心中的梦想。

讲课时，我喜欢用日本著名导演黑泽明的名言作为开场语，比如这句：作为一名艺术家，永远都不要转移视线。这是绝对正确的。在以后的学习过程中，你们很可能会心猿意马，可能会转移视线，或许你们现在就已经有这种心态了。但如果想要成为艺术家，就一定要远离这种状态，要勇敢地去追寻梦想，这一点我是教不会你们的。我能教给你们的只是那些在创作过程中应该掌握的要点。

那么，问题来了，艺术家到底是做什么的？

艺术家和地球上的所有普通人一样，都要通过身体感知世界，通过感官获得瞬时体验。一切都是从感官生发出来的，你就是感官的产物，所有关于你的一切，意识、分析、理智、抽象化和阐释性的东西，都是从感官与外界的瞬时交流中产生的。

当某个瞬时的感官体验来临时，你可能会感觉世界的中心一片混乱。二〇〇一年九月十一日就是个典型例子。在那个美丽的晚夏清晨，你坐在纽约世贸中心大楼的第十九层，端着一杯星巴克咖啡，鼻子轻轻地嗅着，心里觉得很愉悦，因为它是用苏门答腊咖啡豆磨制成的。就在此时，一个人驾驶一架美国联合航空公司的飞机从你面前的窗户冲进来。而他脑子里想的则是，很快会有七十二个少女在天堂等着他。这就是人类社会中的一个典型例子。

艺术家对这种瞬时感官体验中的混乱要比常人敏感。他们能够通过直觉感受到这混乱背后的意义，体会到其中深刻而稳定的秩序。

艺术家将自己对世界秩序的直观感受分享给哲学家、

神学家、科学家和精神分析学家（有很多人认为宇宙也有秩序），但后四类人习惯通过抽象概念、理念和分析性思维来感知世界，而艺术家很不适应这种模式。哲学家追求理论，神学家信奉教理，科学家遵循科学规则，精神分析学家相信弗洛伊德或荣格的理论。但艺术家不是这样，他们会说："这些东西对我没有意义，我是用直觉去感受世界的，而不是术语。"确实如此，艺术家不会通过类似的方法去理解世界或获得认知。只有回到初次感受混乱的那种方法，即瞬间感官体验，艺术家才会感觉舒适。他们会从这些体验中拾取片段，重新塑造，再把它融入另外的客体中，让读者看到后会觉得这就是生活本身，就是瞬时感官体验的记录，是一种亲身经历。唯有如此，艺术家才能表达自己对秩序的深度直觉体验。

有一个很有趣的例子，我们不讨论它涉及的宗教因素。有一位世界闻名的文化界人士，几乎每次讲课都会讲寓言或其他故事。他说过，没有寓言故事，他就不会开口讲课。他会先问一些问题，比如，什么样的人类社会能够长久存在？地球上的一切到底是怎么回事？我建议艺术家们也问问自己这些问题。每次，他都会用故事去回答问题。比如，从前有一个葡萄园园主，他有一个儿子……在拿撒勒的耶稣诞生前不久，他的事情被记录在书中广为流传。后来，耶稣也强调："有耳可听的，就应当听。（He that hath ears to hear, let him hear.)"看，他说的可不是"有脑子可思考的，就应当思考"，而是要通过耳朵、通过故事去理解这个世界。

伟大的爵士小号手迈尔斯·戴维斯说过："兄弟，别演奏你知道的，要演奏你听到的。"虽然他有很强的政治观念，但他是艺术家，他很清楚靠理性思维是创造不出音乐的。

很多人都习惯说："我对这篇短篇小说有想法了。"以后可不要这么说了，因为艺术不是从所谓"想法"和"思维"中诞生的，而是从梦境和无意识中、从身体的"白热化中心"诞生的。

有没有觉得我说的话很有道理？能理解我讲的吗？我是说，如果要通过"思考"创作，如果你认为可以通过分析找到创作途径，那我们对"艺术是什么"和"艺术从哪里来"这两个问题的认识就是不同的。如果你有创作的激情，有开放的情感敏感度，觉得我说的话有道理，就赶紧对思维说"滚开"，然后奔向另外一个完全不同的地方去创造艺术。我敢打赌，你们现在写出来的东西大部分都是直接从大脑里流淌出来的。

人们很容易沉溺于"成为作家"的伟大梦想中，觉得自己酷爱文学，期待自己的名字出现在书的封面上。这些梦想看起来很正常，但它们会让你沉迷于"我想发表作品""我想成名""我想得奖"或简单的"我想成为一名艺术家"的欲望中,让你忽视体内隐藏得更深的、更脆弱的、更难以实现的其他梦想。之前我说过,"渴望创造艺术"与"渴望成为一名杰出的艺术家"是完全不同的欲望,前者更有冒险性。在这个课堂上,我想教会你们这种冲动:"我在感官体验中陶醉,我渴望体验生活。天啊,我总是觉得这个世界充满各种意义,有许多东西在'梦空间'里奔涌翻腾,我得想办法把它们变成艺术品。"对感官体验的强烈渴望和贪欲才是最好的梦想。艺术家不是知识分子,而是"感觉主义者"。在阅读"头脑"写出来的东西时,你会发现,里面充斥着抽象、概括和总结,甚至还有分析和解释。从"头脑"里流淌出的作品中常常出现这些话语,即使你强行插入一些看似和谐的感官细节,作品一样会存在许多分析、描写、概括和抽象的元素。在创作艺术品的过程中,最重要的瞬间其实就是感官体验最强烈的时刻,那个最关键的瞬间。

密斯·凡·德·罗[1]说过,上帝存在于一切细节中。换句话说,人类社会存在于一切细节中,一切感官的细节中。

读者与作者沟通的最主要方式是情感,因为情感就隐

---

[1] 德国建筑师,最著名的现代主义建筑大师之一,提倡"少即是多"的建筑理念。

藏在感官中，是通过感官才产生的，因此小说通过感官才能得到最有效的表达。至于阅读后读者如何处理其中的情感来保护自己，那就是另外一回事了。

情感基本上是通过感官体验产生的，在小说中有五种表现方式。

第一种是身体的感官反应，比如体温、心跳、肌肉的反应和神经系统的变化。

第二种是感官反应向体外发射的信号，包括身体姿势、手势、面部表情、声音语调等。

第三种是对过去的回忆。也就是说，过去的某个时刻会突然出现在意识中，它们不是想法，不是对过去的分析，而是一种突然而至的形象画面或感觉印象，就像一场白日梦。

第四种是头脑中对未来的闪现。这一点和第三点很相似，不同的是，此时头脑中闪现的画面还没有发生或是将要发生。它们是你的欲望、恐惧或期望，像白日梦一样，以图像的形式出现。

第五种对写小说的人来说很重要，就是感官选择。在某个瞬间，我们会被许许多多感官暗示围绕，小说中的人物也会被这些感官围住。但到了最后，我们只会体验到少量的感官暗示，是什么替我们做了选择？是我们的情感。

亨利·詹姆斯[1]说"风景即性格",可能就是这个意思。对周围世界的情感暗示做出反应,会体现我们的性格和情感。看着周围的风景,我们看到的其实是内心最深刻的情感,这才是艺术作品的核心价值。

但问题是,这种感官体验是很难把握的,为什么呢?这个问题一直困扰着我,你们可能也会有同样的感受。迈尔斯·戴维斯如果是作家,他也会纠结这个问题。他说"别演奏你知道的,要演奏你听到的"。这话说出来倒是容易,因为小号发出的声音直接就是感官体验。其他的艺术形式也是如此。舞蹈家是身体不断地舞动,演奏家演奏的是声音,画家处理的是颜色。所谓抽象艺术也不完全是抽象的,因为它毕竟还有颜色和形状。比如,站在巴尼特·纽曼[2]的某幅画前,不管他在创作时想到了多少艺术理论,你看到的就是大量的色彩和精致的肌理。

但写东西的人就很难做到这一点。教授其他艺术形式的教师肯定不会像我这样讲,为什么?因为写作者的表达媒介是语言,语言本身不是感官,它常常是以非感官的方式存在的。我今晚讲的东西是不是很矛盾?我一直在抨击

---

[1] 美国著名小说家、文学批评家、剧作家和散文家,代表作有《一位女士的画像》《螺丝在拧紧》等。
[2] 美国艺术家,抽象表现主义代表画家,色域绘画领域鼻祖,善于在巨大的画面上涂抹或垂直或水平的线条,被人们戏称为"拉链",他的作品对"极少主义"艺术产生了重大影响。

抽象、概括、总结、分析和解释，对不对？但人类的天性如此，有时我们必须用这些方式来表达自己。

我还没听到谁说同意，但肯定有人会在心里觉得我说的话有道理。孩子们啊，你们还需要耐心，因为你们的理解力还没有释放，你们需要时间才能消化这些话。

如果我现在能与过去的我对话，我可能就不会写出一百万字的垃圾，而是在时间、精神状态合适的时候，只写二十五万字或者更少。你们可能会问，他怎么能写出来那么垃圾的五本小说？一个人到底能写多少垃圾小说？告诉你们，当时的我根本意识不到自己写得有多烂，真的是一点儿都意识不到。在我的自我认知中，我有能力一直写、一直写，直到写出一百万字。所以即使现在的我与过去的我沟通，那个我也不会听我现在的劝告。你们都要注意这一点。

这一切的问题在于小说家用来展现艺术的媒介——语言，天生就不是感官的。任何时候去寻找它，它都不会对你多友善。有些视觉艺术家也做了许多概念化工作，但最终还是能创作出很优秀的艺术品，因为他们一旦站在画布或花岗岩前，就必须抛弃概念性的东西，他们的表达媒介不允许他们思考太多。

但是文学，也就是语言、小说等，不会去逼迫你放弃概念性的东西，因为毕竟你要先去思考，要先有意愿去创造故事，上帝才会把故事展现出来。

为什么就克服不了这个问题呢？为什么黑泽明说艺术家不能转移视线？为什么说"转移"视线呢？我们连联系都还没有建立起来呢。一名艺术家看到了感官体验中的无序，体会到了它背后的秩序，创造出一个艺术品，把这种秩序表达出来，这当然很鼓舞人，是不是？有时确实会这样。但你们想过写作时首先应该做什么吗？为什么写作很难？就是因为许多人会觉得无意识这个东西可怕得像地狱。所以许多没有经验的写作者总是用大脑，而不是用无意识去创作。

也正因为如此，每当我提到艺术不是来自大脑而是来自梦境时，有人会说："我夜里都是尖叫着惊醒的，我可不想再回到那个梦里。感谢你的建议，可我真的不想进那个白热化中心，我一辈子都要远离它。现在我还能坐在教室里学习，早上起来还能梳头，就是因为我没有去那儿，我是不会去的。我会想尽办法避开它。"知道吗，你每天可能会花二十二个小时去找这些方法，但在剩下的两个小时里，只要你写作，你就无法逃开。你要潜入最深邃、最黑暗和最动荡不安的白热化地带。当然，既然说它是"白热"的，它就不会"黑暗"，但我不关心这一点，人就是生活在矛盾中的。这个地带确实有许多地方让人恐惧，但不管你多恐惧，都要进去，一直走到最深处。你不能退缩，不能掉头，这是通往艺术的唯一道路。你身上可能会有很多层保护，帮助你与它保持距离，但它们同时也会像铜墙铁壁一样阻碍你前进。

我每天都在打这场仗，珍妮特也一样，所有艺术家都如此。一旦你要去这个让你恐惧的地方，你的身体就会说："你要干吗呀？不要去！不要去！千万不要去！不要去！"每当你的双手放在键盘上，这个声音就会说："看看你的指甲，该剪了，卫生间的马桶也该清洗了。"你就会对自己说："好，只要不让我去那个避之唯恐不及的地方，我做什么都可以。"

不仅如此，这个声音还会把你拉回大脑中。你们知道大脑在你的一生中意味着什么吗？我相信，这个教室里的所有同学在各方面都比你们周围的人优秀。你们对这个世界有自己的看法，不会人云亦云，因为你们太聪明了，思维能力太强大了，会用与众不同的方式去看待这个世界。但同时，你们也被孤立了。为了顺利度过童年时期、少年时期、青春期和青年时期，顺利熬过失败的恋爱和一段、两段甚至四段失败的婚姻，你们必须认同自己："我很聪明，我比身边的人都聪明。"你还记得在学校里受到的一切奖励，这些都会成为你的直接记忆。在我的课堂上，你也会因此受益，因为你能记住这些东西，把它们讲出来，变成大量的细节。你们了解文学，总觉得自己在这个世界里会有价值。但我想说的是，这种直接记忆恰恰是你的敌人，因为它会变成你一生自我认同的一部分，它会一直想拖垮你，想要毁掉你要创作的一切。这话听起来让人很难接受。

更糟糕的是，这个自觉的"元声音"会时时刻刻响起。我就是这样，你们也会这样。比如当你在某个地方安静坐着时，这个"元声音"会跑到你脑子里和你说话："嗯，现在我正坐着。"或者是："好吧，我现在不要思考。我得试试能不能做到。"你们的大脑里是不是会出现这样的话？会的，时时刻刻都会，大脑时时刻刻都会有这样的分析性垃圾思维。这是一种自我意识化的元声音，是声音的声音，是你与你自己的意识的对话。

天主教徒、穆斯林、印度教徒、佛教徒和练习"超觉静坐"的人都习惯重复默念固定的祷文，因为重复多了，祷文的意义就消失了。经过大脑时不产生意义，分析性思维也就停滞下来了。如果这种思维延长，你就能体会到一种精神的飞升。宗教就是用这种方式让你感受生活、触及神明的。

我觉得艺术家也要找到类似的方法，但肯定不能通过重复固定的文本去实现，这是不可能的。作为初学者的你们，想要找到这种方法会更难。但无论怎么说，艺术家创作艺术的唯一途径就是赶走大脑中的这个声音，让自己完全沉入从无意识流出的感官河流中。

理解无意识的方法之一是要意识到，为了进入无意识，就必须停止分析性垃圾思维，赶走习惯性出现的分析声音，进入一种"恍惚如梦"的状态中。这种状态在宗教修行中是很常见的。在艺术创作过程中，艺术家也要引导自己的大脑进入这种状态，要让那个让你舒服的、模糊的声音远离你，然后潜入意识深层的梦空间。只有如此，你才能高度专注于创作。

心理学家把这个过程叫作"心流状态（flow state）[1]"，运动员把它称为"在区内（in the zone）"。

运动员的这个"区"和艺术家的恍惚创造状态很相似。在路易斯安那州教学时，我有一个叫格雷格·勒弗勒尔的朋友。他非常优秀，是当时圣路易斯红雀队的边锋，在路易斯安那州立大学担任体育指导员助理。他和我一样，在某个特定时刻，都会觉得我们需要这种"恍惚如梦"的状态。

比如这个场景：他沿着场地飞速跑出二十多米，奔向达阵，四分卫吉姆·哈特在后面把那个形状很奇怪的球向空中扔去，对方球队有两个中后卫球员赶到，然后压在了他身上，好像要把他压死。他从肩膀方向看到球来了，于是用尽全力甩开身体，然后伸开手臂，球温柔地落在了他

---

[1] 心理学家米哈里·契克森米哈赖提出的一个概念，是一种把个人精神力完全投注在某种活动中的感觉，产生时人会有高度的兴奋及充实感。

的手掌中。他抱着它倒在地上，对方的中后卫球员还压在他的身上。你们说，在这种状态下，他是怎么接住球的？

我告诉你，如果他在这个过程中"思考"了，他肯定是做不到的。所有运动员都会这样告诉你。著名赛车手杰基·斯图尔特在他的自传中写道，在赛车平稳地飞速向前跑的时候，人根本感受不到速度的存在。周围的一切反而慢了下来，在经过拐角的时候你甚至能数出墙上砖块的数量。有些棒球手也说过，他们在击球和奔跑的时候，甚至能看到球上的缝线。此时的他们就处于这个"区"中，他们根本没有思考。这种状态被运动员称为"肌肉记忆"。对作家来说，这不是肌肉记忆，而是感官记忆，是梦空间，而不是那个让你在学校里成为优秀学生的直接记忆。

如果运动员把这种直接记忆植入脑中，他的速度会降下来，他会投不中篮，会找不到转角。灯灭了，球掉落在地。运动员有时显得有些超自然，我觉得就是这个原因。有的运动员会觉得他之所以能够连续进球，就是因为他穿的那双脏兮兮的球袜，而不是球技。因为如果是球技，就需要思考；如果是球袜，就不是理性的。在运动员这里，超自然是非理性的。作家也应该如此，要把自己变得非理性。

运动员的"区"与艺术家的"区"还不一样，这从另外一方面也能解释黑泽明所说的话。我们以迈克尔·乔丹的后全盛时期为例来看看。在公牛队的最后一季比赛中，他和队员们再次夺冠。当时，乔丹接到空中飞来的关键传球，开始全速奔跑，他超越重力，双脚离开地面，在空中飞起来，篮球旋转着离开他的指尖进入了篮筐。此时，他的舌头不自觉地伸了出来。当时他一定没有思考，而是完全进入那个"区"内。如果要把他的这种状态与艺术联系起来，就应该是这样：每次投球时，乔丹都会想到父亲的胸腔被绑匪用枪击中的场面，这是他生命中的真实经历。每次投篮，他的大脑都会直面这个场景，不会退缩。此时他的"区"和艺术家的很相似。现在你们知道作为艺术家要面临的挑战了吧。

2. 那个"区"

> 优秀的小说家记忆力都很差。——格雷厄姆·格林

伟大的英国小说家格雷厄姆·格林说过,优秀的小说家记忆力都很差。把记忆里的东西写出来,可能会变成新闻。但如果把忘掉的东西写出来,就可能会是想象。希望大家能记住他下面的这些话:堆肥中的东西都会分解。一个人的过去充满了故事,它们以某种方式堆在一起,形成了记忆。只有把它们分解,才能创造出崭新的艺术品。他的原话我已经忘记,这是我的转述。

明白我的意思了吗?格林所说的想象力世界类似我说的梦空间,也就是潜意识中的那个白热化中心。他的意思是,大脑、意志、理性思维、分析思维都是我们的敌人,直接记忆更是敌人。在人们批评某篇短篇小说时,很多时

候作者都会说，事实就是如此啊，这是真实的事情。

一件艺术品是一个完整的有机体，每个细节都必须和其他细节有机地关联起来。如果你非要把那个怎么都不能妥协的直接记忆放进来，让它坐在一个系统的有机体中间，它就会毁掉周围的一切，因为这种记忆本身是不可更改的，不会对其他元素让步，而艺术品所需的元素都是有可塑性的，都要允许被改变。如果从直接记忆出发，你不可能进入无意识世界，也就不能进入创作艺术必须进入的那个"区"。

那么，如何才能走进那个"区"或"梦空间"呢？我来提一些实用的建议。第一个建议来源于一种创作心理学。也就是说，一旦进入无意识的创作状态中，就一定要天天去写，因为进入这种状态的路是很难找到的，这个寻找的过程也很折磨人。即使历尽艰辛进去了，也不代表万事大吉，你可能会返回原地，可能会退缩，会遇到困难，会感到恐惧。在创作的过程中，你可能会感觉烦躁，会心情不好，会难受，但如果停下来一天，你就可能会回到原来的状态；如果停止两天，你会觉得如履薄冰；如果停止三到四天，你会觉得自己好像一辈子都没有写过东西；如果连续六七天不写作，那就非常危险，你会觉得进入无意识世界的那扇门关上了，你把自己封住了，甚至找不到那扇门在哪里。不管你以前写过多少东西，无意识的这种防御机制是很强大的，在这种情况下，它就不会再让你进去了。

如果没有准备好，那是另外一回事儿，但一旦你准备开始某个写作计划，就必须每天都要写。不能等到周末再写，不能推到下周或者下下周再写；你不能等到夏天来了再写，或者错过了夏天，再推到秋天。你必须每天都要动笔去写。没有别的办法，就是每天写。我是不是说得够清楚了？

不要借口说有许多事情需要处理，借口忙而不去写作。有一段时间，我只能在长岛到曼哈顿的火车上写作。当时我住在长岛，在曼哈顿的一家商业报社做编辑。那时还没有笔记本电脑，我就把拍纸本放在膝盖上写，就这样写了四部小说并出版，小说里的每个字都是在这趟火车上手写出的。夏天，火车里没有空调；冬天，取暖设备从来不工作。而且火车里一直都是人挤人，人们拿着纸扇风、喋喋不休地说话，在我前面隔三排的地方，还有人在桥牌游戏中厮杀。

心理学里有一个名词叫"功能固着（functional fixedness）"，也就是说，如果在一个固定的地方，用某些固定的东西去完成某个任务，就会产生相应的结果。因为每次你来到这个地方，使用这些东西，就会立即投入这个任务中去。因此，克服噪声干扰后，火车上的写作反而成了一种优势，因为我在火车上什么都不做，就是写东西。然后，我越写越好，就这样完成了我人生中的前四部长篇小说。

因此，我提出的第二条建议是：找一个固定的地方，找一些固定的东西，专门用来写作。如果你只有一个地方和一台电脑可用，那就把写小说时文档的字体和屏幕的颜色换一换。

后来，我在一个学校得到了教职，离开了那趟火车。我从"克诺夫大学[1]"拿到了博士学位，得到了足够的"出版"学分，因而受到了麦克尼斯州立大学的聘请，这所大学位于路易斯安那州莱克查尔斯市。那时我正在创作第十五本小说，已经和克诺夫出版社签了合同，我的编辑很喜欢我写好的前半部分，我自己也很喜欢。但我得搬家，于是写作就停了下来。我雇了一辆拖车，穿越整个美国，把家具运过来，然后又买了套房子，在这里住下了。这一切花费了我八周时间，也就是说，我有八周没有写作。然后，等我重新开始写的时候，虽然我对里面的人物比任何真实的人物都了解，我也清楚情节该怎么发展，但就是很难写下去，很痛苦。我煎熬了八周，才写出了第一句话，仅仅因为我停了八周没有写作。另外，如果你已经进入某种"功能固着"的状态，就不能把这个作为你不写东西的借口，即使离开了原来的写作环境，也要保持每天都写。那段时间，我竟然会觉得自己进不了写作状态是因为没把

---

[1] 这里指的是隶属于兰登书屋出版公司的克诺夫出版集团。

原来的屋子一起挪过来。我觉得自己应该买个小发动机，装到新椅子上，让它能像旧椅子一样轻轻摇晃。或者再买一个玩具火车，把它装到我的留声机上。但真正的原因不在这里，而是因为有一段时间我没有写作，连接下意识的那根线断掉了。

另外一个进入写作状态的建议是：做一只早起的鸟儿。可以在每天早上花两个小时来写作，一个小时也行，但考虑到某些人写作的迫切愿望，还是两个小时比较好。另外，你还要让这两个小时变得神圣不可侵犯。如果需要咖啡，就把咖啡放在定时器上，这样从被窝里爬出来后就能直接喝到咖啡，然后在真正的"梦空间"还没怎么离开的时候，就能敲击键盘开始写作了。

找到办法消灭对语言的抽象认知是进入"恍惚如梦"状态的重要途径。但问题是，我们每天都会在许多非感官领域里使用语言。如果把必须用分析性语言的时刻与深入潜意识使用另外一种语言的时刻分开，就会很有用了。所以，把睡眠时间放在它们中间，就是一个好办法，因为这是直接从睡眠状态进入写作状态，你不会被语言的其他功能扰。因此，醒来之后不要看报纸，不要看电视新闻。如果去小便，也不要看厕所篮筐里的《纽约客》。在任何概念性语言进入大脑之前，就直接进入虚构作品的创作中。

写作的时候我基本上都要听音乐。这个可能对你们中的有些人也会有帮助。我会精心挑选一些音乐，通常是古典音乐或爵士乐，就是没有歌词的那种，然后一边听一边写，几乎所有写作的时间我都会听。我也会听普契尼[1]，但如果我能听懂意大利语，我就不会听他的作品了。不管用什么方法进入"恍惚如梦"状态，是靠听音乐还是靠安静的环境，你都要保证每天进入无意识世界中去。

要记住非常重要的一点：不要用意志力去写作。要在东西从无意识中流淌出来后才能动笔。没有灵感的时候，可以在无意识中冥想。我为大家推荐一种日记写法，这种方法对初学者非常有用。普通的日记是达不到写作目的的，那就是一个充满抽象、概括、自我分析和解释等乱七八糟的东西的资源库，所以不要那样写。用下面我讲的这种方法去写，可能会对你们有很大帮助。每天晚上或是凌晨时分，回忆这天能触动你情感的事件，把它们记下来，但是一定要这么写，而且只能这么写：要利用"情感"去记录某些时刻。不要给这个情感起名字，不要解释和分析。只能通过我前面提到的五种感官体验方法去写，即体内的信号、体外的信号、过去的闪现、未来的闪现和情感的选择，这些都是表达情感的最佳方式。这样的日记读起来会像小说中的某个部分或小说中让人印象深刻的某个瞬间，一切

---

[1] 意大利歌剧作曲家，代表作有《波希米亚人》《托斯卡》《蝴蝶夫人》等。

都跃然纸上，在那个时刻得到了充分的展现。

如果每天都花四十五分钟或一个小时这样写，日记就会高度集中，可能没有办法去完整描述某个事件。但没关系，我们要做的就是把整个事件打碎，不去总结，不要让它有结局。第二天，你可以再看一遍，也可以不看，再去找其他诱发情感的事件去写。不要太依赖体内的感官反应，否则等十五年后去读这个日记时，你看到的就是"悸动的心""冒汗的手掌"和"模糊的双眼"这些能形容任何事件的情感反应。你要把它们描写成一个场景，包括外部和内部事件。

用这种方式写完几周后，两周前的故事应该就冷却下来了。从此时开始，每次写日记都要做两件事。第一，去写一篇新的。第二，去读两周之前的日记，用记号笔把所有抽象的、概括的、总结的、分析的、解释性的内容标出来，只留下基于感官的瞬时事件或感受，因为无论你怎样努力去记录某个"瞬时"，你的习惯还是会回来。但希望还是有的，时间久了，那些红色记号慢慢就会消失。

但即使每天都这么做，在结束一部作品开始另外一部时，你还是会遇到严重的问题，这时每天保持写作状态的重要性就显示出来了。我就是如此。每次完成一部后，过一段时间要开始下一部时，我就觉得自己是在浪费生命。每天我都在忙一些小事儿，一些可怕的日常琐事，我会讨厌自己，会对妻子抱怨，这种厌恶感会一天一天累积。到了最后，她会跟我说："亲爱的，没事儿，你现在已经到达厌恶自己的顶峰了，很快你就能开始写了。"每次她都很对，就是没过多久，通往无意识的门就打开了，我开始投入新的作品中，会跳进去。然后继续每天都写，每天都陷入担忧的状态，但却是开心的。

现在我们来说一说写作过程中的"堵塞"状态。我觉得如果你遇到了这种状况，就证明你有艺术家的天分。末流作家是从来不会感到大脑堵塞的，他们依靠头脑写作，而且享受这种状态，所以他们总是有许多垃圾要倒出来。前面我们讨论了"元思维"的流淌和大脑的"元话语"。这些东西一直会在你的脑袋里，很容易把它们变成文字。我觉得很多作家之所以会感觉到"堵塞"，是因为他们身体的某个重要部分知道他们要进入无意识世界。但他们到达之后，又容易想得太多，容易烦躁，容易大惊小怪，他们会说："天啊，我还没有写东西；我现在必须得开始写了，但却还是没有写；老天，我还没有写东西；如果想成为作家，就要写东西，但我还是没写。"这种"堵塞"，我认为在真正有天分的作家身上是很常见的。

这种"堵塞"状态很像失眠。失眠的时候你在干什么？你躺在床上，想要赶紧进入睡梦状态。这里说的梦是真正的睡梦状态，是无意识的深层，在这里你完全与外部世界失去了联系，这就是睡眠。但你却做不到，为什么？因为你关不掉你的大脑。你一直在想事情，甚至眼前还会浮现一些图像，你在小心地控制大脑。有时候你会有一种白日梦的感觉，但你仍然在控制睡眠，你想让它发生，你觉得很难过，总是在想着它，脑袋在谈论它，比如："哎呀，我还是没睡着，是不是？好吧，我看到妈妈了，天啊，我居然在想她。我不能想她，她总是让我有要疯的感觉。如果她现在打电话过来，我要说什么？我要说……"你的脑子里是不是在想这些？

好了，你终于有睡意了，却突然有东西不知道从哪儿蹦到了你的脑子里：下雨时的一条大街、某个街灯、一条汪汪叫的狗。哇，它们从哪儿出来的？其实哪儿都没有。这个时候如果你再问自己这些东西是从哪里蹦出来的，那么当它们消失后再没有什么东西出现时，你还是会在接下来的三十五分钟里睁着眼睡不着。

没有失眠症的同学们想一想平时自己是怎么入睡的。就是简单地躺下来，脑袋中没有任何垃圾。然后，突然一个图像闯进大脑，然后又是一个。最后，你睡着了。写作的时候同样如此。

写作的这种状态很有趣，我不是让你坐在电脑前睡觉，这也不是所谓"头脑风暴"，这是"梦境风暴"，是无意识在邀请瞬时体验中的图像进入，像是一种深度的白日梦，一种你没有控制的白日梦,你任它前行,它穿过语言,跳上电脑屏幕。当然,在这个过程中,你也创造了东西,但你并未有意识地去做,比如下雨时的那条大街、那个街灯、那条汪汪叫的狗。要想写出好的文学作品,和无意识(就是我想要描绘的那个"区")的交流非常重要。

那么,创作一部文学作品时,语言到底是从哪儿进入神秘、难以描述的无意识世界中的呢?这里涉及的其实就是"语言来源",换个说法就是"声音",这个"声音"是潜意识的化身,只是用语言表达了出来。当你关掉大脑中的那股垃圾流,抽象性、分析性的"元文字"失去作用,另外一种强大的"语言"替代了它们。只是,在这里说"语言"会误导人,因为语言经常用于分析性和抽象性的东西。所以,我把它改为"声音"。你会快速捕捉到一些字词,把它们组织起来,改造它们,然后熟练地把它们与潜意识中的感官捆绑在一起,从而形成你自己和作品中人物的"声音"。

你的无意识世界会冒出来一行行文字,也会自动冒出作品的形式。你自己并不知道你会成为长篇小说家还是短篇小说家,因为你不可能事先确定这个,再从周围寻找素材,再去确定要写什么小说。一般情况下,在动笔之前,你对世界已经有了想象,这种想象有自己的形状,你不会知道它最后会变成什么样。你们在写短篇小说时,可能会有一种突然起飞的感觉。如果是这样,这个故事就不是一个好故事,因为你其实更想把你看到的东西变成长篇小说。还有人会坐在桌子前,强迫自己累死累活地挤出四十页,写作不应该是这样的,不能强行把自己的想象塞进某种预定的形式。

能够变成长篇小说和短篇小说的想象世界是有区别的(下文我会以比喻的方式说明,但我并不提倡你们有意识地去注意这一点)。短篇小说会这样告诉读者:我时间不多,所以坐下来,听我讲一个人生命中的瞬间,比如某个转机,比如某个以重要方式被夸大的事件。短篇小说常常会讲述一系列关系松散的时刻,但结尾必然会转向某个瞬间。

长篇小说则这样告诉读者:我们需要很长时间,咱们去散散步,让我把潜意识中出现的人物故事告诉你。发生在人物身上的所有事情可以说是紧密联系在一起的,也可以说是很松散的。一部长篇小说会包含许多"真相大白的时刻",但最终还是会集中到由某些松散联系在一起的事件形成的"结构"上,但这种结构并不是线性的"链条"。长篇小说的聚焦点就是这个"结构"。

很多时候我发现,我自己的长篇小说就是两个想象世界的联姻,这两个世界看起来好像会成为两部不同的作品,没有任何相似之处,写出来也都不成功。总之,只要处于冥想状态,就会有许多有潜力的小说和故事在我的潜意识里流淌。

我写的第一本小说是《附近》(What Lies Near)，因为写得很差劲，最后没有出版。小说是关于越南战争的，写的是一个情报人员审问嫌疑人的故事。他走进一个牢房，发现墙上有一幅涂鸦。此时牢房里的犯人在受到严刑拷打后，已经被转移到其他地方。我是根据直接记忆写的这本小说。在越战中，我曾担任情报处的特工，有一次去越南共和国（即南越）的一个审问营去审问犯人。这是南越军人关押犯人的地方，他们经常在这里严刑拷打犯人，场面很残忍。我走进一个不到四平方米、没有窗户的监牢。因为这里处于热带，室外温度高达三十七点八摄氏度，湿度达到百分之九十五。门是铁门，在我进来之前紧紧关着，上面镶着一个小金属片。监牢里有一个石坡，供犯人睡觉，地板上还有一个大洞，墙上布满了青苔。进去后，我很快就满身大汗，那里空气不流通，而且洞里散发着阵阵臭味，我想要转身逃走。

不知道怎么回事，我想起了墙上的涂鸦，是不是有人故意留下的暗号？我开始认真检查那面墙壁，墙上确实有涂鸦的痕迹，只是被人给擦掉了，看来监控确实很严密。没什么可看的了，我转身准备离开，却发现墙上有一个木架。我想，如果有人在墙上涂写了什么，又不想让人发现，那肯定就在这个木架后面。我把木架从墙边拉开，一阵疯狂忙乱的细小脚步声传来,是一堆七八厘米长的蟑螂,它们四散逃开了。这是这个地方最后的恐怖之处:人们被关在蟑螂四处乱爬的黑暗中等待着被折磨、被踩躏。

木架后面确实有涂鸦,上面写着"Vệ siuh là khoẻ",意思是"讲究卫生有益健康"。

刹那间,我觉得自己正站在一个伟大的灵魂面前,这种反讽的语气中隐藏的是多么强烈的超脱感!

在我的小说《附近》里,特工发现涂鸦后,就一直在寻找它的主人。小说之后的情节也是围绕这个展开的,当然,真实生活中的我并没有这么做。小说整体在罗列事实,把监牢里发生的一切罗列出来,而身为作者的我只是通过我的视野把它们展示出来。所以,这篇小说是完全写实的。这样做不是在写小说,小说不是这样的。

十年之后,也就是一九八三年,我找到了通往无意识的道路,把它写成了《骨肉同胞》(*Countrymen of Bones*)并出版。然后,我开始了第四本小说的创作,同时与还不错但不太知名的独立公司"地平线出版社"解约,与克诺夫签约。在这十年中,我的儿子出生了,他长得很像我,这让我对小说有了新的理解:它是一种自我的外化。说实话,这只是我的一个想法,所以后来没有任何进展。我写的这个短篇故事确实很差,但它让我重新思考美国军队在越南的那一年是如何度过的。我们参加战争,然后很快被赶了出来。在越南，大量的当地女人和美国军人"短暂结合"，她们不是妓女，最后也没有成为他们的妻子。她们不懂节育，或者根本就不在乎，于是生下了许多孩子，让他们成了这个世界上的"尘埃之子"。如今，有许多美国男人三十多年来都不知道自己还有孩子，甚至到死他们都不会想到这件事情。而那些孩子已经长大成人，生活在世界的某个地方。但是，仅有这些素材是写不出好的短篇故事的，更别提长篇小说了。

离开越南十二年后，我在那个国家认真思考过的两类人——"囚犯"和"孩子"突然一起走进了我的潜意识，它们汇合在一起，构成了小说的完整素材。于是，我写出了《在遥远的土地上》（*On Distant Ground*），写的是一个情报官看到墙上的一幅涂鸦后，放走了一名罪犯，因此被送到军事法庭审判的故事。他渴望与这个罪犯产生联系，尤其是看到一个和他长得很像的孩子后，这种渴望变得更加强烈。他本人不是一个情感浓烈的人，对周围的人，包括他的妻子一直都很冷漠。在接受审判的日子里，他的大脑被一个越南女人的身影占据。她莫名其妙地与他断了联系，所以他总觉得他在越南有一个孩子，但他却不知道孩子在哪里。在美国这样的大兵有很多。被保释后，他回到西贡去找那个也许根本不存在的儿子，当时的西贡已经陷落，被共产党占据，于是他又被越南共产党逮捕了。

潜意识里还没有出现某种想象就去选择写长篇还是短篇小说，是错误的做法。如果没有明确坚定的想法推动你写作，就不要去构思作品的形式和内容，尤其不要去思考哪些经历能激发写作灵感。潜意识会提供合适的艺术灵感，你的身体会意识到它的到来。所以，不要去翻你那些陈年笔记并罗列真实发生的事件，要抵制这种做法。

另外还要注意，依靠下意识写作的话，就必须进入"恍惚如梦"的状态，而且还要在"指尖流淌出的东西"中找到你所需的素材。很多时候你很清楚电脑屏幕上的文字是垃圾，你也清楚它们是怎么写出来的，但你就是不想丢掉他们。

写作当然也意味着编辑和重写。我们现在就来谈谈这个问题。很多时候你会问自己，体内那个"白热化中心"的所有东西都流进了文章里，我得回过头去修改一下，但我怎么知道这些梦适不适合这个故事？它们真的适合吗？

当然适合。此时的你要把自己当作正在读一本新书的读者。要去理解自己的记忆，找到帮助你忘掉作品的办法，让自己变成一个读者，重新去阅读你写过的作品，这是修改的关键。换句话说，记忆力差是有好处的。如果重读时没有忘记前面写过的，你就会用文学批评的方法去分析作品。在这方面我就很幸运，因为一旦写完，我就会忘记写过的东西。写完一个句子，再写一个句子，之后再回头看这些句子时，我都忘了自己是怎么写出它们的。

以后我还会多讲一讲阅读的问题。阅读的核心在于，读文学作品时不要去"理解"，而是要跟上作品的节奏，这是最基本也是最必要的阅读方法。就像在心里弹琴，要弹出和声。所以修改作品时，要和着文章的节奏去弹奏。就是一直弹，一直弹，然后突然出现"砰"的一声，就赶紧在作品上做记号！然后继续弹，又出现"砰"的一声；再弹，再"砰"；再弹，再"砰"。最后再回到出现"砰"的地方。在这个过程中，不要用文学批评的方法去分析，也不要有意识地用什么技巧和方法去理解，而是重新开始梦境式写作。

修改就是第二次梦境写作。在所有文章都被弹过后，它才能完成。

现在回到格雷厄姆·格林的话。小说家拥有的"堆肥"是一种与直接记忆和意识世界完全不同的知识库，包含的是直接的感官经历。它是所有优秀而必要的写作技巧和方法的来源地，也是许多优秀作品生根发芽的地方。但要记住，在它们真正进入艺术创作过程之前，至少是在"恍惚如梦"的状态中时，你必须忘掉它们。

3. 欲望

> 不需要理论，听就够了。——克劳德·德彪西

今天晚上我们要讨论文学作品中一个非常重要的东西，它的重要程度相当于颜色之于绘画，动作之于舞蹈，声音之于音乐。

文学作品有三个非常重要的方面。所有立志成为作家的人都不会忘记这两个：文学作品是关于人类的；文学作品是关于情感的。即使有的小说家依靠抽象和分析性思维写出带有分析性情感的作品，即使他们没有深入情感的深层和本质，他们也一直在努力进入。第三个方面是：文学也是关于人类欲望的。这一点我几乎在所有的学生作品中都没有看到。

小说是一种时间的艺术，存在于时间当中。诗歌就不

一样，它是浓缩的艺术，几乎不受时间的影响。一首诗可能只捕捉到一瞬间的情感冲动，它的基本形式是一行行有固定长度的文字。可以这么说，诗歌是存在于纸上的物品，只要你一行一行读下去，然后翻过去一页，你就必然会进入某个时刻。佛教文化中提到过，人类如果没有欲望，在这个星球上连三十秒都无法存在下去。

因此，我最喜欢的词就是"欲望"。以后在讨论你们的文章时，我会频繁用到这个词。人类一直都有"欲望"，我们就是这个星球上的欲望物种。欲望有表面的，也有深埋于体内、不断搏动着的，每一秒钟我们都在渴望什么东西。毫无疑问，小说也应该是表现人类欲望的艺术形式。

欲望常常是小说人物的一部分，理解小说情节的一个方法就是理解里面的欲望动力，它是故事叙述和情节的核心。

在许多失败的作品中，包括学生的和有前途的作家的（他们其中有很多人还很有写作天赋），作者会为人物设置许多问题，会让他们有自己的态度、观点、情感、声音和个性，会给他们设置很不错的、能够引发情感的背景，但这些都不会自动包含欲望。一个故事可以包含如此多的东西，但却单单缺乏欲望动力。

詹姆斯·乔伊斯[1]从天主教堂得到灵感，创造了

---

[1] 爱尔兰作家和诗人，代表作有《尤利西斯》《都柏林人》等。

"epiphany（顿悟）"这个词，它的字面意思是"突然闪光"。在文学领域，这个词特指某个东西突然表现出了它的特质。乔伊斯认为这是故事中的"顿悟"。

在优秀的小说里，会有两种"顿悟"。乔伊斯所说的是第二种，也就是故事的"高潮"或"转折点"。我说的是第一种，它在故事开始不久就出现了。当所有感官细节聚集在某个时刻，主要人物内心最深处的欲望会突然闪现。读者出于一种内心深层的本能，会与这种欲望产生共鸣。我读过的所有学生作业都缺乏这种顿悟。

许多已经出版的小说也是如此，它们给人一种冷漠的距离感，读者会崇拜它，会快速对它产生反应，但就是产生不了深入骨髓的共鸣，因为这些小说中根本没有人物欲望。

但娱乐小说即我们说的"类型小说"就不是这样。这些小说的作者从来不会忘记为作品中的人物设置欲望。是不是很有趣？或许这也是它们可以畅销而我们的小说不能畅销的原因。进入畅销榜单的所有小说都包含清晰的欲望，里面的主人公会努力得到某个东西，会有清晰的目标，比如破案、杀死怪物、与某个人上床、赢得一场战争等。随便某种类型小说，里面都会有一个充满欲望的人物。

娱乐小说和文学作品中都有欲望的表达，只是层次高低不同。前者的欲望会包括：我想得到那个人，我想要健康，我想要权力，我想破解那个谜，想把一根棍子插入吸血鬼的心脏。后者的则包括：我渴望认识自我，渴望得到认同，渴望在这个世界上有一席之地，渴望和其他人产生联系。不同的是，类型小说的作者从来不会忘记欲望，而文学作品的作者就常常忘记。

欲望是情节发展的推手。人物一旦有了欲望，就会做出一些事情，然后会有阻力阻止他，人物再以某种方式回应这种阻力，或者是绕开，或者直面，或者认真考虑应对措施，或者屈服，然后继续开始对欲望的追逐。故事深层的这种动力就形成了情节：人物尝试满足自己的欲望，周围的世界又一直在阻挠。

大多数时候，优秀小说都来源于一个包含欲望的灵感。在潜意识里，在"梦空间"中，一个人物站在了你面前。那是你内心最深处那个"白热化中心"的产物，是一个"他者"。人物出现后，我们就要为其在历史中找一个位置或设置一个事件、一个瞬间，比如一场车祸、一场战争、母亲的死亡——当然不是你自己的母亲，是人物的母亲。可能你的潜意识里会出现某个事件，将人物引出来并使其存在于你的潜意识中。你看到了人物，看到了围绕人物的一系列清晰的事件和场所。但不管多么栩栩如生，只要没有看到人物的欲望，就不能动笔开始写故事。对我来说，人物欲望在我潜意识里闪现后，人物才能开口说话或者被他人提起，故事才能开始。所以，一定要清楚人物内心深处最强烈的欲望是什么。

因此，如果潜意识里没有清晰的人物欲望，我建议你们不要开始写作。在这里，我想再次强调一下"直觉"，这不是一种知识性的理解，而是对人物的需求和欲望的感知。如果有了这种直觉，就做好写作的准备了。

有时候，人物可能会给你压力，你用直觉感觉不到人物的欲望，那就先等一等。如果等了很久这种直觉还不出现，就可以按照习惯的写作方式先写下去，比如围绕人物的困境展开故事，试着找到叙事者的声音或人物的态度、观点和反应。但请记住，这不是你想创作的艺术品，只是一行接一行的"反刍行为"、一种创作实践。它的目的只是打开眼睛和耳朵，让你去接收人物内心最真实、最有生机的欲望气息。一旦捕捉到它，就要立刻停止这种写作，把它放在一边，永远别再管。以后讲课时，我还会提到这一点，它非常重要。找到人物的欲望，真正的文学作品才有可能出现。

欲望出现后，可以再次进入人物的世界，以恍惚如梦的状态找到打破这个世界平衡的东西——"引发事件（inciting incident）"。人物的世界本来是平衡的，但"引发事件"一出现，这种平衡就被打破了。当然，这个事件也没有必要一定在故事中出现，其实很多时候，它不会出现，然后人物的世界莫名其妙就开始失衡，开始挑战人物内心的欲望，故事也就开始了。

"引发事件"之后是"攻击点（point of attack）"。这两个术语一般用来描述故事情节，但在提到人物欲望时，我觉得很有必要提一提。两者可以发生在同一瞬间，但前者最好在故事开始前就出现，所以与后者就会分开。来看戏剧《哈姆雷特》，在这幕剧中，哈姆雷特的父亲被谋杀是故事的"引发事件"，它在幕布拉开之前就发生了。"攻击点"则是父亲的幽魂来找哈姆雷特。

"攻击点"会引出故事的冲突，这个冲突特别能展现人物的欲望。这个概念很重要。一旦开始写作，就要确定好故事中的危险事件，不一定非要是外部事件，但必须要有内在高度。人物的欲望必须是深层的，是重要的，你一定要尊重它的存在。

冲突可以是内部的，也可以是外部的。外部冲突是把人物与自然、社会或他人对立起来；内部冲突则存在于人物自身。文学作品如果没有内部冲突，就不可能触及人类生存的本质。优秀的文学作品往往是让内部矛盾与更大的外部矛盾共存或产生共鸣。两种冲突的相互作用是故事的一个特殊来源。除了小说，很难有其他艺术形式能捕捉到这种内外冲突的联系。

现在来谈谈文学作品和非文学作品之间的区别。做一名艺术家意味着什么，人们为什么想成为艺术家，艺术家的敏感性在哪里，要成为艺术家需要培养哪方面的能力……这些话题我在前面已经讨论过了。在提到"欲望"时，我还称赞了我们的同行——非文学作品的写作者。我认为对瞬时情感体验进行分类是很重要的，这对小说艺术来说也很必要。

在没有艺术价值的艺术品、类型小说和娱乐性作品里，到处都有抽象、概括、总结、分析和解释的东西。几个月以前，我在博德斯书店里看到一本《言情小说作家用语手册》(*The Romance Writer's Phrase Book*)。在这本书里，作者会用五十个词去描写任何一种情感。比如激情，作者这样写："她的内心充满激情，怦怦地使劲跳着。"我把这句话单独拿出来，是因为它是有欺骗性的，只是表面上看起来像感官体验而已。我们讨论过五种感官体验方法，其中一种是体内的情感反应，那么"使劲跳着"的心属于这种体验吗？

严格来说是的。今天我和同事们在一楼公共休息室里开了个会。会议结束后，我们要上楼，但电梯边围满了人。当时我和里普·勒蒙站在一起，这男人的身材保持得特别好。他跟我说："人太多了，我们走楼梯吧。"我也不想让他觉得我身体太弱，就说："当然可以。"爬到五层楼后，我的心也一直怦怦地"使劲跳着"，但这种跳肯定与激情无关。

只要用到抽象词，某种特别的内部感官体验就很容易描述，许多人都可以描述。如果只说"我的心怦怦地使劲跳着"，我们就不知道它因为什么而跳，但加上"激情"这个抽象化词语，我们就能感受到"激情"，因为我们对这个词会有理性的反应。

再回到言情小说。想象这样一个场景：在离我们这个房间八百米远的地方，一个女人（男人同样适用）坐在书房或厨房里，心因为与他人产生共情而怦怦地使劲跳个不停。她在哭泣，她在燃烧，就像"她的心里满是激情，怦怦地使劲跳着"这样。"哭泣"和"燃烧"都是抽象词，我们讨论的就是这些词。但有人会问，仅仅因为小说用到了这些词，你就说它不是文学作品了吗？它们到底引起了读者的反应啊，难道这不是艺术？

这不是艺术，因为读者是通过自己的联想、经历和内心的期待对文本产生的直接本能反应，这种情感反应其实是在"填空"，在填抽象词汇留下的空。抽象、总结、概括和分析性语言引诱读者去填它们留下的空，因而也就让读者远离了作品和人物。而艺术品带给读者的是瞬间的、新鲜的、感官的体验，它们能引导读者走入作品本身。读者对艺术品的反应也不是在填空，而是离开自己，进入人物的内心世界，去感受他们的情感、心理和精神。这两种反应的区别就相当于自慰和做爱。前者是一种自我经历，虽然表面上与后者有同样的生理反应，但它是一个闭环。做爱就不同了，它会带着你离开自己进入对方，是一种两人之间的生理体验，而且两个人是以深层次的方式联结在一起的。文学作品就是如此。

我上面讲到的是读者的体验，是作家把文字放在纸上后带给读者的东西。艺术作品和娱乐性作品的主要区别其实在于文本本身。非艺术型作者不止于娱乐性作品的作者，比如斯蒂芬·金，也包括说教性作品的作者，比如写小说的让-保罗·萨特。他们在动笔前非常清楚作品会引起什么样的读者体验，不管是情感上的还是知识性的，他们都很清楚。斯蒂芬·金想把读者吓死，萨特也想把读者吓死，但同时也想说服读者，让他们理解存在主义者眼里的宇宙真相。他们事先都知道自己要传达的效果，然后创造一个物体，把这种效果表达出来。

但艺术家不知道。在艺术品被创造出来之前，他们对自己要创造的世界一无所知。写作对他们来说是对具体形象和瞬间感官体验的探索，这种探索的来源就是艺术的本质，就是我一直努力给你们描绘的艺术创造过程。

我一直在说抽象因素很危险，下面我要提到的这个悖论会更危险，就像我递给你们一把枪，让你们把它放在嘴里一样。首先来看看概括、解释等抽象性的非艺术语言。

比如童话故事，这种故事其实很单调很乏味，充满了总结性的语言，但却可以让我们产生浓烈而难忘的阅读体验，这就是一个悖论。在阅读童话故事时，你读到的其实并不是纸上的故事，而是你的记忆，你的记忆中有这类故事的起源。举个例子，咱们不提佛罗里达，就说北方地区。在一个寒冷的冬日夜晚，你洗了一个热水澡，舒服地躺在被窝里，把被子拉到耳朵上，屋外寒风呼啸，你都能感觉出它们在屋檐下跑。床头灯低低的，妈妈坐在你身边给你读一篇童话故事，她的声音时高时低，你的手指和脚趾慢慢暖和起来，这种感觉真是令人陶醉。换句话说，在讲故事的过程中，是故事外的因素让你产生了瞬时的感官体验。

文学作品中也会有同样的读者体验，因为作品的叙事者是一个人物，他就"坐"在你的情感世界里，他的声音会带给你一种瞬时的感官体验。以后我会安排一节课，让大家读我的短篇小说《敞开怀抱》（"Open Arms"）。在这篇小说的开头，叙事者说："我的心中没有仇恨。""仇恨"是一个抽象词，带有分析性因素。但第二句话是："我几乎可以确定这一点。"看到这个"几乎"，我们好像听到了什么，觉得事实上可能不是这样。这里是一种戏剧性反讽，它让读者可以用不同于叙事者的方式来解释小说的内容。换句话说，这里进入读者大脑的并不是叙事者的抽象性语言，而是读者对人物性格的理解，这也是一种感官体验。

在包括长篇小说在内的文学小说里，会有许多"声音"用到抽象性或分析性语言，但没有任何话语模式是仅仅为了传递表面效果或信息的。它们必须传递出"声音"的感官体验，尤其是以第一人称叙述的作品，当然这跟用第三人称叙述各有千秋。其实任何文字类的东西都有自己的叙事者，包括今天早晨你吃的那个谷物食品的盒子，上面也有它的个人声音。我们可以通过修辞、词汇、语法等去辨认它们，但不需要分析，只要直接对它产生反应就可以。

那么，当你在寻找进入无意识世界的通道，试着不挪开眼睛时，这种悖论是不是会很危险？当脑袋中的那个小声音没有让你放下笔去剪指甲、刷马桶或是读另外一本好书，它就会抓住这个悖论说："既然如此，就让我的人物来解释这一切吧，这就是他的性格。"真的很危险。

接下来我会给大家一些文学作品中的例子，让大家感受一下这个狡猾、喜欢逃避但却最重要的"欲望"。这些例子选自四部作品中的四个段落，这四部作品的作者都是很优秀的作家，我们来看看他们描述的欲望。

第一段节选自珍妮特·伯罗薇的小说《切石》(*Cutting Stone*)，是小说的开头部分。小说的背景是二十世纪初，故事的叙述者是埃莉诺。在节选的段落中，她和丈夫劳雷尔坐在一列西去的列车上。劳雷尔得了肺结核，要去亚利桑那州疗养，他在那儿找到一份银行经理的工作。小说的

"欲望"在这里还不太清晰,但第一次"顿悟"却很早就有了。

餐车的车窗外除了一马平川的沙漠,什么也看不到;数不清的树桩在远处的地平线上延伸。还有两天才能到亚利桑那州。埃莉诺喝了一小口早晨的开胃酒。她上身穿着一件丝绸料西装,袖孔上别着带锯齿的小圆环,上面浸着她的汗。劳雷尔在看《商业纪事报》(*Commerce Chronicle*),偶尔小心地干咳两声。他脱了夹克,自嘲似的咕哝:"在罗马时……"穿着条纹背心、打着领结的他看起来结实而干练。

火车在有节奏的"咔嚓咔嚓"声中向前行驶。在这"咔嚓"声下,有一个更细的、更尖的金属摩擦声,埃莉诺听着,想到了丝绸撕裂的声音,这种感觉从腹部蔓延至全身,让她觉得火车轨道像是一个单身汉,一路哭着要回马里兰州。她的膝盖上摊着一本《美丽家居》(*House Beautiful*),她读到了:"世界上没有哪个民族能像英国人一样如此固执、如此长期地研究家庭住宅,所以任何国家的家居建筑都赶不上英国的壮观。"

这个句子和她没任何关系,无法在逻辑上回应她的痛苦,但却让她想起那块准备盖房子的地,那儿有茂盛的爬藤,有一棵橡树。天气好的时候,她会一边想象要盖在巴尔的摩那块荒地上的房子的外观,一边把它的草图画出来。她对房子的外观设计已经烂熟于心,可以直接在地上画出来。

但是现在她失去了所有,记忆中的所有,包括那些还没有实现的东西,这些东西尤其让人感觉辛酸,因为她甚至都没有意识到她多么在乎它们。还有父亲仓库里的那些木头工具,她一边用手轻拍着餐桌,一边在心里念着它们的名字:犁、牛鼻板、护墙板、卷边机、开槽刨、切割器。谁会想到她会为这些工具感到难过?

"餐车的车窗外除了一马平川的沙漠,什么也看不到;数不清的树桩在远处的地平线上延伸。"这是小说中的第一个画面。叙事者此时还没有出场,但很快我们就知道这是埃莉诺的感觉,而车窗外的景物则表现出了人物的性格特征。但这句话中是不是缺了点儿什么?首先,没有家,没有房子,没有居住的地方,有意思的是,连一个动词都没有。很快,期待这个世界上有自己一席之地的"欲望"就清晰起来。在这个荒芜的世界里,我们找不到特定的地点,找不到任何生命迹象,也就是说,在小说的第一个画面描写中,缺失的是生命和运动的部分。一个不是句子的句子告诉我们,没有动词,没有生命,即使很讽刺地在中间用了一个分号,让读者觉得好像左右都是句子,但这只是语法，没有任何意义。我给大家讲过艺术本质中的有机性，任何一个因素和其他因素都是有联系和呼应的。这段话就是最好的例子。

"还有两天才能到亚利桑那州。埃莉诺喝了一小口早晨的开胃酒。她上身穿着一件丝绸料西装，袖孔上别着带锯齿的小圆环，上面浸着她的汗。"在这里我们看到了一个穿着丝绸西服的女人。在如此荒芜的地方，有一个与环境格格不入、无家可归的女人，她的生活马上就要发生巨变，她却出于生命的本能，喝了"一小口开胃酒"。在一九一四年的亚利桑那州，根本就不会有开胃酒。她的丈夫劳雷尔"在看《商业纪事报》"，好像还坐在他们自己的客厅里似的，但事实上他们已经在远离过去的生活。埃莉诺意识到了这一点。读者是跟着她的视角走的，所以我们知道，她自己也看到了浸着汗的锯齿圆环。劳雷尔说了第一句话："在罗马时……"这是贵族常常会感叹的词。他虽然脱掉了外套，但还穿着条纹背心，打着领结。

我们听到火车在跑。火车的声音让她思绪远游，她想到了什么？丝绸撕裂的声音！丝绸在这里代表她以前的生活，但它被撕裂了，然后她的思绪又一路回到了马里兰州。然后是《美丽家居》，她读着里面谈论英国家居的内容，周围却是一片荒漠。读到这里，我们知道她还有一座没有盖的房子。在这里人物的欲望是最强烈的。她的痛苦并不仅仅是那一小口开胃酒和丝绸西服,而是她可能失去她能享受到的所有权利。那么,这种"可能"在哪里体现出来?在父亲的木头工具中。这些工具是很具体、很感官、很明确的东西,她对这些东西的思念非常强烈。然后,作者用了一个非常漂亮的动词:轻拍。也就是说,她在想象中抚摸着这些工具,回忆着它们丰富多样的名字。我们看着她手里的这种"可能",看着她要建造的新房子,同时也在她的体内看到了这种"可能"。其实,让她感到痛苦的并不是她的房子和丝绸西服,而是这些工具,这才是她的欲望体现得最明显的地方。如果把这个时刻与开篇窗外那一望无垠的沙漠联系起来,这个欲望就是一种反话,代表着她将要经历一段困苦的生活,将要面临生活的挑战。

在段落中,读者看不到任何关于欲望的分析性语言,欲望体现在所有的细节中。"我渴望的不仅仅是一座房子,而是世界上的一个位置",车窗外的荒野正体现了这种欲望的缺失。这个欲望以某种反讽的方式进入人物的记忆中。火车的声音代表她之前生活的破碎。如此,作品的动力在所有层面上瞬间就展现出来,所有的细节体现的是同样的欲望。

下面是短篇小说《布朗斯维尔》("Brownsville")的

开篇。小说选自汤姆·皮亚扎[1]的短篇小说集《忧郁与烦恼》(*Blues and Trouble*)。其中的欲望同样是通过瞬间感官细节展现的,而且这些细节都有机地组合在一起了。

几周以来,我一直很想去得克萨斯州的布朗斯维尔。现在新奥尔良热到了三十七点八摄氏度。为了保持年轻状态,同性恋们裸着上身沿着沙特尔大街跑步。我已经不跑步了。等我到了布朗斯维尔,就直接坐在大街中间,哪儿也不去。

上午十点。录音机里放着舒伯特的钢琴曲,风从大街上吹进来,我把头埋进一张餐巾纸里哭起来。"L.G.,你总觉得我的生活一团糟,其实你的也是,L.G.。"她经常这么安慰自己。

咖啡馆墙体的灰泥早就脱落,留下谁都不知是哪些国家的地图,墙上的斑驳水渍从来都没有消失过。拿破仑的画儿贴得到处都是,兵败滑铁卢的拿破仑,在圣赫勒拿岛上手握阴茎的拿破仑,坐在亚热带的咖啡馆里怀念过去、计划复仇、醉醺醺的拿破仑。

我想象中的布朗斯维尔有残忍的日光,空荡荡的大街上满是灰尘,有独眼狗站在大街中间瞪着你看,炙热的

---

[1] 美国作家,曾获美国二〇一五年路易斯安那州作家奖,代表作《劫后余生》(*Treme*)被美国 HBO 电视台拍成了电视连续剧。

风呼呼吹着钻进汗衫里。哪儿都去不了，每时每刻都是中午，没有人问为什么会这样。我想去布朗斯维尔，因为没有什么原因让我去。如果你问我为什么要去布朗斯维尔，答案就是：我他妈的也不知道，这就是我要去的原因。

昨天晚上我睡了一个女人。她的头发长到脚踝，浴室的浴缸里放着一把猎枪，她一笑，屋里所有的镜子都嘎嘎直响。她对我很好，我以后不会对她说一个脏字，虽然这些都已经成了历史。她在餐厅铺了一张毯子，让女儿睡在上面，如果不提这一点，昨晚的一切都是完美的。

过去总是会浮现出来，地下水位太高了，周围成群的旅游者像是漂浮在上面的大片污水。

"几周以来，我一直很想去得克萨斯州的布朗斯维尔。现在新奥尔良热到了三十七点八摄氏度。"去布朗斯维尔这个目标在开篇就为故事提供了动力。"他"说同性恋们跑步是为了保持年轻，但"我已经不跑步了"。虽然他不跑了，但他却很想去布朗斯维尔，是不是有些矛盾？他觉得自己已经老了，对什么东西都不感兴趣了。他像拿破仑一样有着失败的过去，拿破仑最后的失败是巨大的。主人公显然遭遇了人生中短暂的失败——与某个人分手，这个人过去常常说他的生活是一团糟。他的生活确实一团糟。注意咖啡馆墙的描写,"不知是哪些国家的地图"。他的生活就像这面墙一样无意义,谁都不知道他是谁,他就是一个无名氏,一个根本不需要解释为什么的人,因为他没什么可解释的。他的过去很像拿破仑,"兵败滑铁卢的拿破仑,在圣赫勒拿岛上手握阴茎的拿破仑,坐在亚热带的咖啡馆里的拿破仑"。叙事者此刻应该是醉醺醺地坐在某个地方。他与拿破仑不同的地方在于,后者一直在酝酿复仇计划,但他已经是"不跑步"的状态。只是我们也知道,拿破仑的复仇从来就没成功,是不是?正因为如此,他才对拿破仑感到很不满。他想去某个地方,二十四小时一直是中午的地方,而且不需要解释为什么,他只想坐在太阳下吹着热风就行。这是他觉得自己想要的。但我们知道,他想要的远非如此,许多现代小说里都有这种戏剧性的讽刺。

然后,我们看到了一个女人,昨天晚上和他睡过的女人。关于这个女人,作者有哪些精彩的细节描写呢?我们看,长到脚踝的头发,浴缸里的猎枪,她一笑就嘎嘎直响的镜子。"她对我很好",有什么不完美的地方呢?她的孩子正睡在另外一间屋子里,这个屋子代表什么?代表的是她的过去。这里的张力体现在"现在的我"和"一切都完蛋的过去"之间,就像这座城市,它有许多过去,而现在它的地下水位正在不断地上涨。

那他的欲望是什么?表面上似乎是要与失败的过去一

刀两断，但他却把头埋在纸巾里哭泣，作品的讽刺性就在这里。他昨天晚上刚刚和一个女人睡过，除了令人讨厌的过去，如果他能一直保持现在的状态，一切就都非常完美。但事实上，他渴望与过去有联系，所以这里其实有一种情感的倒逆。因此，他选择了布朗斯维尔，一个二十四小时都是"中午"的地方。他其实并不像自己想象中的那样希望被遗忘，被湮灭于人群。

下面是玛格丽特·阿特伍德[1]的短篇小说《泥潭人》（"The Bog Man"）的开篇[2]，小说选自她的短篇小说集《荒野指南》（*Wilderness Tips*）。

> 朱莉是在一片沼泽中央和康纳分手的。
>
> 朱莉无声地做了一些修正：其实并不是正好在沼泽中央，并不是在及膝的腐烂落叶和靠不住的棕色污水里。说起来差不多应该是在沼泽边上，离得不算太远。好吧，准确来说，是在一座小旅馆里，甚至也不是一座小旅馆，只是酒吧的一个房间里，而且那时正好空着。
>
> 也根本不是沼泽，而是个泥潭。沼泽里的水从一边流进去，还会从另一边流出来，而泥潭里的水一旦进去就

---

[1] 加拿大著名小说家、诗人、文学评论家，曾获布克奖、卡夫卡文学奖等，代表作有《使女的故事》《可以吃的女人》《盲刺客》等。
[2] 译文选自《荒野指南》，南京大学出版社，邹殳葳、王子夔译。

流不出来了。这个区别康纳解释过多少次呢？肯定有不少次了。但朱莉更喜欢"沼泽"这个词的发音。它听上去更迷雾缭绕，鬼气森森。泥潭在俚语里差不多就是厕所的意思。你一听到泥潭这个词，就会知道那厕所一定破烂不堪，臭气熏天，而且里面一张卫生纸都没有。

所以朱莉总是说：我是在一片沼泽中央和康纳分手的。

她还修改过一些别的细节。她修改了康纳的形象。她修改了自己的形象。康纳的妻子大体还是原来的样子，但一开始她的形象就是朱莉臆造出来的，因为朱莉从来没有见过她。有时候她会想到，到底是不是真的存在这样一个妻子，或者根本就是康纳编出来的，他就是不想让朱莉与他太亲近。但并不是这样，这个妻子真的存在。她很真实，而且随着时间的流逝越来越真实。

跟朱莉见面不久之后，康纳就提过他的妻子，还有他的三个孩子和他的狗。好吧，其实他跟朱莉并不只是见面。他们上床了。这两者没有太大区别。

现在，朱莉想，他没有过早地提这件事是因为害怕把她吓跑了。而她自己才二十岁，太天真了，甚至都没想到要去注意线索，比如他无名指上的那个白色圆环。等到他来回踱着步，困窘地做出坦白或者忏悔的时候，朱莉已经没有被吓跑的立场了。她躺在一家汽车旅馆的小房间里，身上只松松地裹着一条床单，内心伤痛不已。她太累了，感觉不到丝毫害怕，反而感觉很不错，甚至对他还有一丝感激。康纳并不是她的第一个恋人，而是她第一个成年的恋人。他是第一个不把做爱当成偷内衣游戏的人。他严肃地对待她的身体，这让她印象深刻。

如果大家完全理解了这些段落，就能看到细节之间的有机连贯性，它们一直围绕着一个有强烈欲望的人物。那朱莉的欲望是怎么展示出来的？就是她说的"修正"。她把所有描述到的东西都修正了。她先是做了个陈述，然后又修正它，然后又退出来，把里面所有的浪漫主义色彩都否认掉，然后重新回去。我们一眼就能看到这种内在矛盾的蔓延。她想把感觉提升上去，想要把他们的关系修正得更浪漫些，但又证明它是错误的，于是又回去，用一种残忍而清醒的眼光看待所有事情。这个过程一直在重复：差不多、不算、准确来说、甚至也不是、那时正好空着、好吧、其实他跟朱莉并不只是见面。最后，我们终于明白了她和一个已婚男人在一起的原因：他能够严肃地对待她的身体。

修正的目的是要寻找意义。修正，就是要让事情的意义更加清晰，明白吗？作者描写的这个瞬间代表了一切：她对康纳的喜欢萌发于他认真对待她身体的一瞬。她的欲望就是寻找意义，寻找与其相关的东西。我做的这个总结完全是一种分析，是一种人为的、非自然的东西，你们可能也很快就会忘记。

最后是詹姆斯·乔伊斯《都柏林人》(*Dubliners*)中《姊妹们》("The Sisters")的开篇[1]。

> 这次他毫无希望了：这次已是第三次发作。夜复一夜，我经过这座房子（时值假期），琢磨亮着的方窗：夜复一夜，我发现它那么亮着，灯光微弱而均匀。若是他死了，我想，我看到昏暗窗帘上的烛影，因为我知道，尸体的头部一定会放着两支蜡烛。他常常对我说："我在这个世上活不了多久了。"而我觉得这话不过是随便说说而已。现在我明白了这话是真的。每天夜里，我仰望那窗户时，总是轻声对自己说"瘫痪"一词。这词我听着总觉得奇怪，像是欧几里得几何学里的"磬折形"一词，又像是《教义问答手册》里的"买卖圣职"一词。可是现在这词我听着却像是个邪恶的罪人的名字。这使我充满恐惧，然后又极想接近它，极想看看它致命的作用。
>
> 回到家后，他知道老人死了。
>
> "喂，你的老朋友终于走了，你听了一定会悲伤。"
>
> "谁？"我问。

---

[1] 译文选自《都柏林人》，上海译文出版社，王逢振译。

"神父弗林。"

"他死了?"

"科特先生刚刚才告诉了我们。他正好路过那座房子。"

我知道他们在看着我,于是我继续吃饭,好像对这消息漠不关心。我姑父便向老科特解释。

"这孩子和他是极好的朋友。你知道,那老头儿教了他许多东西;别人说他对这孩子抱有很大的期待。"

"上帝保佑他的灵魂吧。"我姑妈虔诚地说。

老科特看了我一会儿。我觉得他那双又小又亮的黑眼睛在审视我,但我不想让他看出什么,便仍低着头吃饭,不抬眼睛。他又开始抽他的烟斗,最后粗鲁地往壁炉里吐了一口痰。

"我可不喜欢自己的孩子跟那样的人谈得太多。"他说。

"你这是怎么说的,科特先生?"我姑妈问。

"我的意思是,"老科特说,"那样对孩子不好。我的看法是让年轻的孩子到处跑跑,与同年龄的孩子们去玩,不要……我说得对不对,杰克?"

在开篇第一句话,我们就看到了这个年轻人的欲望。一个人要死了,叙事者小心地观察着这个过程,"夜复一夜"地观察。他的渴望和热情在这个短语里立刻显示了出来。此时是假期,老人已经"第三次发作",而叙事者仍然只是"经过"那扇窗户,"夜复一夜"地琢磨亮着的方窗。"他常常对我说:'我在这个世上活不了多久了。'而我觉得这话不过是随便说说而已。"此时,濒死的人与叙事者之间的关系变得清晰了。然后,故事的对话中提到这个人教会了叙事者很多东西,对他也抱有很大的期待,虽然叙事者对他的话半信半疑。所有这些都说明此人与叙事者之间是很熟悉的。而此人死去的过程无疑对叙事者产生了很大的影响,这从叙事者不断重复的词汇中可以看出来。叙事者和死去的神父之间,公众和神父代表的神秘世界观之间的深刻联系,不仅仅体现在叙事者轻柔的自言自语中,比如神父正在遭受的"瘫痪"症,还体现在"gnomon(磬折形)"和"simony(买卖圣职)"这两个词的定义上。前者的本意是"注释器和指示器",后者就是买卖圣职的意思。男孩说它们"像是个邪恶的罪人的名字",于是它们就被赋予了一种人格。

回到家之后,叙事者很安静,他对这件事有自己的看法,并且对周围的大人——他的姑父、姑妈和老科特感到很不满。大人们争论着,觉得孩子会学到太多东西,根本不需要在意世界上黑暗的、严肃的事情。就像科特说的,教育对孩子们没有好处,因为他们的心灵会容易受到影响。

所有这些细节加起来形成了一个有机的整体，深化了我们对这个男孩内心渴望的理解——他渴望知识，渴望认识这个世界的黑暗和世界上严肃的东西，同时我们也理解了他的敏感，理解了这个人物。

再次提醒你们，这种文本理解方式是一种人为的、间接性的文学反馈，是对人物欲望的一种理性分析，在理解人物和故事时，尽量不要用这种方式。这篇故事的叙述者渴望的是真实，他夜复一夜地经过那扇窗户，试图理解蜡烛暗含的意义，理解宗教的神秘以及这个人死后要去的地方。他渴望直面人生中的黑暗，但他的世界却被成人掌控，他们想让他保持无知，不希望让他知道太多东西，其实就是不想让他接触真实的世界。文章的每一个意象、每个声音、叙事者经历的每一个瞬间体验，都隐含着这种欲望。

4. 心灵电影

> 如果能抛弃大脑、只用双眼就好了。——毕加索

小说和电影在创作技巧上有许多共通之处，今晚我们不讨论如何把小说改编为电影或如何把电影改编为小说，而是着重探讨它们的一些基本而深层的共同点。

二十世纪初，伟大（我说的"伟大"仅限于电影业，他本人人品其实很差）的大卫·格里菲斯制作了大量电影史诗默片，比如《一个国家的诞生》（*The Birth of a Nation*）和《党同伐异》（*Intolerance*），革新了现代电影技术。他自己说过，是查尔斯·狄更斯教会了他关于电影的一切，但电影是二十世纪的新型艺术形式，早在它出现的几十年前狄更斯就去世了，所以他这里所说的其实是阅读文学作品时内心的强烈感受。

现在，请大家回想一下你们阅读伟大文学作品时的内心感觉。这种阅读体验是不是很像潜意识中的电影？在阅读一本文学作品时，人物、环境、情节会变成图像出现在脑海里，很像潜意识里的梦境，对不对？视觉和声音会像电影一样充斥在你的大脑中。除了这些，你还能体会到味觉和嗅觉随着情节在意识里向前发展，甚至皮肤都能感觉到东西。所以，这其实是一种全方位的感官电影。从这个意义上讲，我们可以说文学作品的技巧是电影化的。

所有电影技巧和观影者的直观感受在小说中都有体现，小说家就是人类潜意识电影的导演，所以也需要学习电影技巧。今天我们就来讲一讲这些技巧，它们能帮助大家克服前几周我提到的一些问题，比如下意识地使用抽象性、分析性、概括性和总结性的语言，以及小说的节奏、情节的转换（如何从某个场景、意象或句子转到另外一个场景、意象和句子上）等。还有，如何把各个部分整合在一起，如何在"恍惚如梦"的创作状态中安置自己最关注的点。

我非常反感小说和故事中的抽象化因素。比如你正在看一部电影，坏脾气的单身汉杰克·尼科尔森正盯着海伦·亨特，你能清楚地看到他的脸：他在挑眉，他在撇嘴。此时屏幕却突然变成空白，然后跳出来一个词，"挖苦""嘲笑"或是"轻蔑"，你会怎么想？肯定会觉得很不舒服。如果读者完全知道如何阅读，那么抽象性、概括性、分析性和解释性的句子就会是这种效果。

我们先来学习电影中的一些基本概念，有许多你们应该已经很熟悉了。之后，我们来一起读几篇文学作品，看看作家是怎样成为电影制作人的。

"镜头"是电影中的基本元素。在观众眼里，"镜头"是一系列连续的影像流。也就是说，从某个"影像"出现，到它因为其他因素而中断的过程就是镜头，镜头是每部电影最基本的元素。

镜头之间又有许多转换方式，现在电影里用得最多的是"剪接（cut）"。你刚看到一个影像，它消失了，然后另外一个影像出现在原来的地方。为什么会用这个词呢？因为在电影被发明后的很长一段时间里，剪辑电影都是直接剪开胶片，然后再按照影像接起来。

连续的镜头形成场景，连续的场景形成电影片段。场景是在单一时间、地点发生的统一行为，有时是一个单独镜头，更多时候是一组镜头。片段是由一系列场景组成的戏剧情节。

这些概念不仅是电影里必不可少的拍摄方式，也是作家这个"图片制作人"的叙事声音。而且这些图片是有时间生命的，它们和电影一样，有开始，有发展，有结束。在电影里，"镜头"聚合在一起形成"场景"，然后再形成"片段"，从而制造出"意义"，传达出叙事者的声音节奏。

小说中的"叙事声音"会一直改变读者对这个虚构世界的看法，这个过程类似从大全景镜头到大特写镜头的一系列拍摄方法，也就是从远景到中景，再到特写和大特写，很像切香肠，可以按照自己的意愿随意去切，而且结果会切得很好。小说中的"叙事声音"同样如此。它经常会故意把读者与它创造的意象或图像隔离开，然后通过细节的选择（即允许进入摄像机里的东西）把距离拉远或拉近。

除了调整读者或观影者与意象或图像之间的距离，小说和电影还常常会改变我们的时间感觉。在电影中，很多时候时间会突然变慢或变快，也就是我们常说的慢动作、慢镜头和快动作、快镜头。大家一定对下面这个场景非常熟悉：在电影结尾，一对恋人终于在一起了，他们站在草坪或平原的两头，慢慢地、慢慢地跑向对方。在二十世纪六十年代末七十年代初，萨姆·佩金帕[1]发明了"慢动作暴力场面"，比如在西部片《日落黄沙》（*The Wild Bunch*）的结尾，一帮法外狂徒被风沙吹走时就是用的慢镜头，这个镜头真的非常折磨人。如今这种拍摄方法已经被用滥了，比如影片中只要出现子弹，镜头就慢到惨绝人寰。

快镜头制造的多是喜剧效果，有些制片人在使用快镜头时也尝试避开这种效果，但成功的不多。《诺斯费拉图》

---

[1] 美国好莱坞著名导演，以拍摄西部片闻名于世，是美国暴力影片的鼻祖。

（*Nosferatu*）是早期的一部优秀的严肃默片，里面有一个片段使用了快镜头：诺斯费拉图从城外运来的棺材到港后被卸下船，然后装入灵车。整个场面看起来就是很有喜剧感。我真想不出哪部电影用了快镜头却没有产生喜剧效果的。但在小说里就不一样了，快镜头可以表达无数有细微差异的情感。

最后一个电影概念最重要，就是"蒙太奇"。这是伟大的苏联电影导演谢尔盖·爱森斯坦提出的。简单来说，它是把两个东西放在一起，通过这两个并置的元素来创造意义。在一件艺术品中，所有的元素都是有意义的，只要把其中的两个元素放在一起，就会产生第三种东西。这就是蒙太奇。比如，银幕上出现了一个草坡和一个新墓，然后又切换到一个身穿黑衣的女人身上，她正沿着树下的石头小路向山下走去。这就是蒙太奇拍摄方法，能让你很快就明白，这个女人刚刚离开了墓地，里面埋着的是某个她爱着的人。在电影里这种并置的元素是通过视觉呈现的，而在小说中就要灵活多了，会有无数种呈现方式。

下面我们来看几个例子。第一个是海明威的短篇小说《雨中的猫》（"Cat in the Rain"）。大家先来认真感受一下小说中的叙事声音，然后再回头看里面用到多少电影概念。

美国人的妻子站在窗前向外看。窗下有许多绿色桌子,雨水从桌上不断流下去。在一张桌子下有一只小猫,为了不让雨淋到自己,它的身体使劲蜷缩在一起。

"我下去把那只猫抱回来。"美国人的妻子说。

"我去吧。"丈夫躺在床上说。

"我去吧,小猫挺可怜的,正在桌子下躲雨呢。"

丈夫靠在床头的两个枕头上,继续看书。

"那你去吧,别把自己淋湿了。"

"美国人的妻子站在窗前向外看。"在这句话里,海明威让我们看到了一个站在窗前的妻子的全身形象,用专业术语说就是"中长镜头"——我们是从房间的对面看到的她的全身。

"窗下有许多绿色桌子,雨水从桌上不断流下去。"这里发生了什么?通过镜头的切换,我们看到了"妻子"看到的东西。电影《走出非洲》(*Out of Africa*)也有这种拍摄方法。我们先看到罗伯特·雷德福的脸,他在看着什么,然后镜头切换,我们看到了一头狮子在朝镜头奔跑,于是我们很快就知道了主人公在看什么。这就是蒙太奇:罗伯特·雷德福的脸,一头朝镜头跑过来的狮子,把这二者放在一起后,第三种东西就出来了。就算是没有受过教育的孩子都能看懂这些。

海明威也使用了同样的方法。"美国人的妻子站在窗前向外看",然后,"在一张桌子下有一只小猫,为了不让雨淋到自己,它的身体使劲蜷缩在一起"。我们再次通过"长镜头"看到了那只猫,一张桌子、雨和桌子下的猫。如果是没有经验的写作者,在写完"美国人的妻子站在窗前向外看"后,为了让读者看到妻子看到的东西,就会在下一句再提到妻子,比如:"美国人的妻子站在窗前向外看。她看到一只猫蜷缩在一张滴着水的桌子下。"对不对?这样写出来的东西显得很尴尬很笨拙。就好像在电影里,我们看到罗伯特·雷德福的脸后,镜头切换,然后我们看到的不仅是奔跑的狮子,还有罗伯特·雷德福的后脑勺。这种镜头是不是很尴尬?但很多人在写作中就会写这种嵌入式的尴尬句子,我们根本不需要在下一句写上"她"。使用蒙太奇手法,句子会显得更优雅,更有力。

"窗下有许多绿色桌子,雨水从桌上不断流下去。在一张桌子下有一只小猫,为了不让雨淋到自己,它的身体使劲蜷缩在一起。"接下来会发生什么?镜头向前推进,给猫来了个特写。

"我下去把那只猫抱回来。"美国人的妻子说。在电影里,很多时候你都会看到这样的情景:某个影像出现后,会有一个对话,然后是说话人的声音,最后说话人才出现。也就是说,一个影像出现后马上会被其他影像代替,这个过程是很快的。阅读的时候同样会遇到这种情景。海明威就这样做了。首先是说话人的声音，然后我们才知道是谁在说话，因为表明说话人是谁的"对话标签"是在句子后面出现的。也就是说，我们先看到了"猫"的残余影像，然后才看到人物出现。

"我去吧。"丈夫躺在床上说。注意，这里的描述和"美国人的妻子站在窗前向外看"是不一样的。我们知道他在床上，但不知道他身体的位置，也就是说，我们还没有完全看到他。在丈夫说话这个时刻，作者给了一个他的特写。

"我去吧，小猫挺可怜的，正在桌子下躲雨呢。"这里没有"对话标签"，但我们从文中的段落设置知道是妻子在说话。我们和丈夫坐在一起，听着妻子的声音从空中飘过来，但注意力却没有被拉回妻子那儿，而是依然在丈夫身上，我们离他很近。"丈夫靠在床头的两个枕头上，继续看书。"镜头慢慢地拉过来，丈夫的全身显露出来，他靠在床头的枕头上继续看书。"别把自己淋湿了。"他说。

我听到有人笑了，为什么？因为这个丈夫根本就没动。所以在写这段话时，你不要这样写："'我去吧。'她的丈夫躺在床上，很真诚地说。"不要用"真诚"这样的抽象副词，因为所有的效果都已经藏在这种电影式的感官写法中了。海明威导演了这一幕，效果是通过蒙太奇传达出来的。当丈夫说"我去吧"的时候，我们看到他躺在床上一动不动,然后他又说"别把自己淋湿了",但是外面下着雨啊,她当然会淋湿的。

寥寥几个字,就把人物之间的关系描写得这么清楚!海明威还真是一个优秀的电影制作人。

无论是快镜头还是慢镜头,下面我会向大家展示这些珍贵的拍摄技术是如何为小说家们服务的。下面这段话节选自《旧约·士师记》,是詹姆斯王版本,迄今为止已经有二百五十年的历史。这段话的意思很清楚,不需要解释,就是里面的人物西西拉有点儿让人想不通,这个傻瓜竟然能中计,拉着自己的军队去和以色列打仗。

愿基尼人希百的妻雅亿比众妇人多得福气,比住帐棚的妇人更蒙福祉。

西西拉求水,雅亿给他奶子,用宝贵的盘子给他奶油。

雅亿左手拿着帐棚的橛子,右手拿着匠人的锤子,击打西西拉,打伤他的头,把他的鬓角打破穿通。

西西拉在她脚前曲身仆倒,在她脚前曲身倒卧。在那里曲身,就在那里死亡。

西西拉的母亲从窗户里往外观看,从窗棂中呼叫说,他的战车为何耽延不来呢。他的车轮为何行得慢呢。

"西西拉在她脚前曲身仆倒，在她脚前曲身倒卧。在那里曲身，就在那里死亡。"这句话非常有电影画面感，是萨姆·佩金帕式的暴力慢镜头。他永远倒下了。然后是一个非常精彩的镜头切换，一个漂亮的蒙太奇，没有一点儿过渡的痕迹："……就在那里死亡。西西拉的母亲从窗户里往外观看。"在这里，读者仿佛看到了窗格，看到了它们在母亲脸上投下的阴影。"他的战车为何耽延不来呢。"到此为止，你可能会觉得他是因为强奸或抢劫被打死的。吃饭时间到了。

接下来，我想给大家读一小段亨利·詹姆斯的文章，出自《伦敦围城》(*The Siege of London*)，有一部分我省略掉了，我想让大家感受三种不同的节奏。这段话其实算是一种抽象化的"总结"，但我觉得用得很合适。我一直觉得"总结"是负面的，但这个总结却很有力量，在短时间内就告诉了读者作者想要做什么，而且对读者的感官体验也没有影响。在感官描写中，如果你能小心地运用一些总结性的话语，效果也会非常好，也可以达到快镜头和快动作的效果。

注意，下文提到的"眼镜"是人们欣赏戏剧时用的那种小的双筒望远镜。

　　法兰西喜剧院里庄严的幕布徐徐落下，第一幕结束了。趁休息时间，两个美国人和坐在前排的观众一起走出了又热又大的剧院……

她转过身……面对着观众……她的脸白皙漂亮，化着精致的妆容，眼睛和唇角带着笑意，头发盘成精致的圆圈伏在眉毛上方，耳环闪闪发光，整个剧院的观众都能清楚地看到。

利特莫一动不动地看着她，然后突然大喊一声："把眼镜给我！"

"你认识她？"身边的人把眼镜递给他，然后问。

利特莫没有回答，只是静静地举着眼镜看着舞台。过了一会儿，他把眼镜还给同伴，然后说："我不认识她，她一点儿都不优雅。"说完，重新坐在了位置上。但沃特维尔还站着，利特莫于是加了一句："请坐下，我觉得她看到我了。"

小说家能够让快动作和慢动作无缝对接，而且还是实时的、无意识的。这就是小说的伟大之处。"法兰西喜剧院里庄严的幕布徐徐落下，第一幕结束了。趁休息时间，两个美国人和坐在前排的观众一起走出了又热又大的剧院……"这段话是一个快镜头，"庄严的幕布"里虽然带有抽象词，但也传递出了一种鲜明的感官印象：厚重、粗糙的幕布。这段话的意象还没有在脑海里消失，我们就要快速向前移动，然后时间突然停止，我们在慢镜头中看到了"她"的脸："她转过身……面对着观众。"然后，就是令人愉快的观察了："她的脸白皙漂亮，化着精致的妆容，眼睛和唇角带着笑意，头发盘成精致的圆圈伏在眉毛上方，耳环闪闪发光。"在此之后，我们又开始与小说同步，阅读的速度与作者保持了一致。我强调一下，在这里我说的是正常速度。

利特莫一动不动地看着她，然后突然大喊一声："把眼镜给我！"我们看到他坐着，也看到了同伴递给他眼镜，听到了他们的对话。所有这一切都与作者是同步的。

接下来，我给大家分享的是查尔斯·狄更斯的《远大前程》(*Great Expectations*)中的选段[1]。这部小说教会了大卫·格里菲斯所有的电影技巧。小说的叙述者是菲利普·皮利普，他长大后写了这部小说，回忆了自己是孤儿时的一段时光。小说中的他有时以第三人称出现，有时又以第一人称出现。童年时，他的名字叫皮普，这段话里提到的是他死去的兄长和父母。来看电影吧：

> 我们的家乡是一片沼泽地区。那儿有一条河流。沿河蜿蜒而下，到海不足三十二千米。我领略世面最初、最

---

[1] 译文选自《远大前程》，译林出版社，罗志野译。

生动的印象似乎得自一个令人难以忘怀的下午，而且正是向晚时分。就在那时我才弄清楚，这一片长满荨麻的荒凉之地正是乡村的教堂墓地；已故的本教区居民菲利普·皮利普及上述者之妻乔治亚娜已死，双双埋葬于此；还有亚历山大、巴塞洛缪、亚伯拉罕、托拜厄斯和罗杰，他们的五位婴儿已死，也都埋葬于此。就在那时我才弄清楚，在这坟场的前面，一片幽暗平坦的荒凉之地便是沼泽，那里沟渠纵横，小丘起伏，闸门交错，还有散布的零星牲畜，四处寻食；从沼泽地再往前的那一条低低的铅灰色水平线正是河流；而那更远的、像未开化的洞穴并刮起狂风的地方，自然就是大海。就在那时我才弄清楚，面对这片景色而越来越感到害怕，并哇的一声哭起来的小不点儿，正是我皮普。

"闭嘴！"突然响起一声令人毛骨悚然的叫喊，同时，有一个人从教堂门廊一边的墓地里蹿了出来。"不许出声，你这个小鬼精；你只要一出声我就掐断你的脖子！"

这是一个面容狰狞的人，穿了一身劣质的灰色衣服，腿上挂了一条粗大沉重的铁镣。他头上没有帽子，只用一块破布扎住头，脚上的鞋已经破烂。看上去他曾在水中浸泡过，在污泥中忍受过煎熬。他的腿被石头碰伤了，脚又被小石块割破，荨麻的针刺和荆棘的拉刺使得他身上出现一道道伤口。他一跛一跛地走着，全身发着抖，还瞪着双眼吼叫着。他一把抓住我的下巴，而他嘴巴里的牙齿在咯咯打战。

"噢，先生，不要扭断我的脖子。"我惊恐地哀求着，"请你不要这样对待我，先生，我求你了。"

"告诉我你叫什么名字！"那个人说道，"快讲！"

"我叫皮普，先生。"

"你再说一遍！"那人说着，目光紧紧地盯住我，"张开嘴说清楚些。"

"皮普，皮普，先生。"

"告诉我你住在哪里，"那人说道，"把方向指给我看！"

我把我们村子的位置指给他看。村子就坐落在距离教堂一千六百多米远的平坦河岸上，四周矗立着赤杨树和截梢树。

这人打量了我一会儿，便把我头朝下地倒拎起来，我口袋里的东西也就掉了下来。其实口袋里只有一片面包，没有任何别的东西。等教堂又恢复原状时——因为刚才他猛然把我头朝下地翻了个个儿，我看到教堂的尖顶在我的脚下——而现在，我是说，教堂又恢复了原样时，我已经被他按坐在一块高高的墓碑上，全身打着哆嗦，而他却狼吞虎咽地吃起了那块面包。

在这段开头,狄更斯使用了"定位镜头(establishing shot)":"正是向晚时分。就在那时我才弄清楚,这一片长满荨麻的荒凉之地正是乡村的教堂墓地。"然后,他用长镜头描写了暮色的降临。之后呢?他又切换到了特写镜头,然后用"摇动摄像"的方法围着墓地一个镜头一个镜头地连续拍摄,从"正是向晚时分"这个正式的短语就能体现出来:

> 已故的本教区居民菲利普·皮利普及上述者之妻乔治亚娜已死,双双埋葬于此;还有亚历山大、巴塞洛缪、亚伯拉罕、托拜厄斯和罗杰,他们的五位婴儿已死,也都埋葬于此。

这些人其实就是皮普死去的爸爸、妈妈和哥哥们,他们一个接一个地埋在这里。

从这儿我们可以看出小说中的电影元素。然后狄更斯又是怎么写的呢?

> 在这坟场的前面,一片幽暗平坦的荒凉之地便是沼泽,那里沟渠纵横,小丘起伏,闸门交错,还有散布的零星牲畜,四处寻食……

狄更斯提起摄像机，让镜头离开皮普死去的哥哥们，用全景镜头拍摄了山丘、闸门和沼泽，然后是哪儿？

> 从沼泽地再往前的那一条低低的铅灰色水平线正是河流……

然后是一个更长的镜头：

> 而那更远的、像未开化的洞穴并刮起狂风的地方，自然就是大海……

他用一个极长镜头把我们带到了遥远的地平线。然后他突然切换镜头，给了一个孤儿一个特写，就是小说的叙述者：

> 那时我才弄清楚，面对这片景色而越来越感到害怕，并哇的一声哭起来的小不点儿，正是我皮普。

多少作者能做到如此逻辑严密呢？

先拍摄死去的爸爸、妈妈，然后是哥哥们，然后是这个家庭里唯一存活的孩子。逻辑很完美，也很有深意。

这就是蒙太奇手法。只是在读小说时，看到死去的哥哥和这个家庭唯一活着的孩子后，你的感受可能会与狄更斯创造的世界很不同。你的关注点会是一个孤儿的苦难生活和一个陷入绝境的家庭，会觉得这是一个在生活中挣扎的孩子的故事，表现的是社会问题。

而狄更斯创造的世界会更深远。皮普并不渴望一个家庭，他渴望的是命运。从最后一个哥哥的坟墓，到沼泽地，到河流，再到远处的地平线，整个世界萧瑟、空荡、神秘，还有阴郁的风从远处的地平线吹过来，然后突然就出现了一个孩子，这种蒙太奇手法创造出的是一个完全不同的世界，一个不是感叹"天啊，我没有父母，我还是一个孩子，我在挣扎"的孩子，而是"我是一个人，我要明白自己的命运"的孩子。

我们往下看：

> "闭嘴！"突然响起一声令人毛骨悚然的叫喊，同时，有一个人从教堂门廊一边的墓地里蹿了出来。"不许出声，你这个小鬼精；你只要一出声我就掐断你的脖子！"

皮普的反应是什么？"'噢，先生，不要扭断我的脖子。'我惊恐地哀求着……"我觉得写这句话的时候，狄更斯可能有些仓促，当然我也不是说要修改它。你们觉得在这里需要用"惊恐地"这个词吗？你们应该明白我说过的抽象性词汇。当然,在此之前狄更斯已经创造了一个情感丰富的世界,也不多这个词,但我觉得在这里还是没有必要用这个词,因为皮普的恐惧已经描写得很清楚了,是不是?

重要的是要理解他们的对话。"我就掐断你的脖子",皮普说"不要扭断我的脖子"。你们觉得过了多久皮普才有了反应?我觉得只有十亿分之一秒,那狄更斯是怎么描写的?注意这里,下面这几句话很有意思:

"不许出声,你这个小鬼精;你只要一出声我就掐断你的脖子!"

这是一个面容狰狞的人,穿了一身劣质的灰色衣服,腿上挂了一条粗大沉重的铁镣。他头上没有帽子,只用一块破布扎住头,脚上的鞋已经破烂。看上去他曾在水中浸泡过,在污泥中忍受过煎熬。他的腿被石头碰伤了,脚又被小石块割破,荨麻的针刺和荆棘的拉刺使得他身上出现一道道伤口。他一跛一跛地走着,全身发着抖,还瞪着双眼吼叫着。他一把抓住我的下巴,而他嘴巴里的牙齿在咯咯打战。

"噢,先生,不要扭断我的脖子。"……

时间在这里停下了,对不对?这是一个极慢镜头,一切都发生在"我就掐断你的脖子"和"噢,先生,不要……"之间。这时皮普有什么心理活动?想一想,如果你的车在湿滑的路上突然打滑,你能听到自己的每一声心跳,能看到车前面的电线杆在浮动,而且动作极慢,是不是?在如此恐惧的时刻,时间会突然慢下来,这是合情理的,因为一切都是有机的整体。还记得我说过艺术的有机性吗?每一个细微的情绪细节都必须与一切产生关联。现在我问你们,时间停止后,这几句话中有什么不寻常的东西?我打赌,你们一点儿都看不出来。再来看一看,这几句话里没有一个独立的动词[1],为什么?因为时间停止了呀。从哪里能看出来时间的流逝呢,当然是动词。动词会显示发生的事情,但这里什么都没有发生,只有感官的知觉。这种描述真的太完美了,如果不是我这么分析,你们恐怕是意识不到的。

艺术的有机性已经细微到语法层面了。

讲到这里,我觉得例子已经足够多了,大家应该能理解小说中的电影技巧了。当然,例子不止这些,还有其他大量的范例。我敢说,电影里最小的、最精致的、最微妙的技巧,都会在小说中找到。

下面我给大家讲最后一个概念——淡出淡入。这是个

---

[1] 英文原文中确实没有用到独立的动词。

很小的概念,很容易理解。它是一种很普通的过渡方法,就是从一个影像转到另外一个,然后前面那个慢慢淡出,后面那个慢慢淡入,进入观众视线后,再叠加到前面的影像上。最后,两个影像会混合在一起一段时间。

我用自己的作品《沃巴什》(Wabash)说明这个概念。这个故事没有发表过,没有任何人读过,所以我先给大家讲一下故事的背景。故事发生在一九三二年的伊利诺伊州沃巴什,主人公是德博拉和杰里米·科尔。他们住在一家钢厂里,都在经历生活中的各种烦恼——杰里米投身于钢厂的政治斗争中,德博拉试图调和一个全是女人的家庭,这些女人天天吵架打闹,恨不得把对方撕成碎片。但他们却有共同的痛苦,他们的小女儿莉齐几年前死于肺炎。这个痛苦横亘在他们中间,是他们生活中的障碍,也让他们的婚姻一直存在问题。莉齐死去后,他们再也不像以前亲密了。他们没有性生活,甚至连碰都不想碰对方。在我要讲的这一幕里,他们想缓和关系,想找到一段能把双方联结在一起的时光,于是他们去了一个印第安古墓野餐。但随着故事的发展,他们再次陷入了对女儿的回忆中。这回忆是美好的,但也是充满痛楚的。

这一幕里有一个技术问题,但不是说有某个分析性的问题需要我们找到一个技术解决方法,这是事后分析。我说的问题是指,故事中我用到了第三人称限知视角,因为我设置了两个故事讲述者——德博拉和杰里米·科尔，全文前八十页都是如此。到了野餐这一幕，他们希望走到一起，能够同时进入对方的情感世界里。叙事者在两个隔离的"幻境"中游离，希望这两个幻境能够融为一体。

提醒大家，德博拉的回忆是这样的。莉齐蹲在草丛边，在一条铜斑蛇前轻轻摇晃身体，哼着一首老童谣，曲调还总是在变：小蛇小蛇快安静，不要哭不要哭。铜斑蛇居然晃晃身体，低下头，身体盘成了一团。也就是说，莉齐对这条铜斑蛇施了魔法。

杰里米的回忆是这样的。莉齐有一天晚上到钢厂里玩，他让她坐在肩膀上，走到矿渣堆边停了下来，在这儿能清楚地看到鼓风炉。他觉得炉子很漂亮，炉里的火焰升起像巨浪一样的烟雾，上方飘着星星一样的火光。他从茂盛的草丛里看过去，一个烟囱赫然矗立着，正在向外冒着火焰。

正文如下：

> 莉齐给蛇唱歌的时候，德博拉一动不动地等着她，最后她小声喊：快过来。女儿慢慢地站起来，慢慢地离开了铜斑蛇，它像被施了魔法一样静静地伏在草丛里。莉齐走近后，德博拉抓住她的双手。杰里米拉着女儿的手，莉齐问他，那个像果冻一样的火是什么？他看了看，立刻就知道了她在说什么，就是从那个又高又细的火炉里

冒出来的火苗。于是他说，啊，那是个排气阀。他感到她的脸蹭到了他的头，她的头一定靠在他的头上了，因为这样她就能看到那团漂亮的火焰了。莉齐抬头看她的妈妈，脸上绽开大大的笑容，里面好像包含了许多特殊的东西。莉齐仔细研究火焰的表情，她对着大蛇的笑容……一阵痛袭来，德博拉和杰里米的身体同时颤抖起来。他们感受到了对方的身体，感受到了对方的痛苦，如此一来，原来的痛苦又加了一层，他们觉得再这样下去双方都会崩溃，于是他们轻轻地离开了对方。杰里米站起来，走到墓堆的西边，看向远处的钢厂。德博拉躺在地上闭着眼睛，她感觉有什么东西在草丛里动，但她不在乎，她一动不动地躺着。

听出"淡出淡入"的技巧了吗？就是从莉齐的问题"那个像果冻一样的火是什么"开始的。注意"她的头一定靠在他的头上了，因为这样她就能看到那团漂亮的火焰了"这句话。在这里，读者已经进入了爸爸的幻想世界。很快，两个影像就要叠加在一起，因为看到第一个"抬头"时，我们以为是莉齐从爸爸身边抬头看排气阀。但之后我们意识到，她是和妈妈在一起。"莉齐抬头"，甚至还蹭了蹭爸爸的头，与杰里米望向钢厂的姿态相呼应。到此为止，我们就知道了她是在和爸爸一起看火焰，但同时她也突然看向了妈妈。所以我们调整视角，发现她其实是看着妈妈。于是，一个影像融入了另外一个。之后，故事的叙述声音再次回归，进入了两个不同的情感世界。不同的叙事声音汇到一起，通过细节的表达，传递出一种讽刺的悲伤：我们本以为这两个人之间会发生些什么事情，但最后没有。

所以，小说的作者要认识到，小说的创作过程本质上其实就是拍电影。一旦掌握了视觉、感觉和如何过渡，前几周我们讨论过的许多问题就迎刃而解。否则，你们会陷在乏味单调且没有任何效果的抽象语言中。比如，你故意要把过渡拉进来，然后解释一切，叙述的力度就会减弱。

在结束电影这个话题前，我还想借用"音乐"这种艺术形式里的一个概念。音乐其实与电影也有关联，对小说创造也很重要。你听一首歌的时候，心里会随着音乐的调子、旋律或色彩产生某种期待，一旦这种期待固定下来，而音乐却突然产生变化，你就会觉得像打了个冷战一样受到了冲击，原来的和谐感被打破了，调子和旋律也改变了，整首歌都偏离了原来的轨道。音乐家们把这种现象称为"伸缩处理（rub）"。两个事物互相摩擦会给作品带来生命，意料之外的东西反而感觉上很合适。在小说中创造人物也是如此。当你进入人物的欲望中后，不管人物的感觉在某个方面发展到什么程度，不管他在某个方面走了多远，有什么固定的态度和情感,你都要打开潜意识,去感受与此相反的东西。你要设置一些突然的变化,让两个似乎在意料之中的东西产生摩擦。

5. 写作计划

> 凡理皆寓于物。——威廉·卡洛斯·威廉斯

接下来我要讲一个"预梦"系统。一九八三年，我的《骨肉同胞》出版。在创作这本小说时，我完整地使用了这个系统，它帮助我在创作中形成了一种快速的本能反应。我提到了"形成"和"本能反应"两个词，也就是说，我们的"梦境"并不聪明。但智慧本身也不会强大到能够创作出伟大小说的程度，我们还是要依靠无意识，只有无意识才能与小说所有元素融合在一起，有意识的思维是不行的。

之前我说过，要绕开抽象和分析性语言，不要故意在人物的声音里安排这样的内容。现在我要在你嘴里塞一把枪，而且是一把猎枪，我马上要扣动扳机了：我要教给大

家一种写作方法，让你们不再觉得创作小说是一件很难的事情。但这种方法非常危险，它是帮助你形成无意识和进入恍惚如梦状态的一种工具，如果你任由它拖着你进入分析性思维的旋涡，那它的坏处就大于好处了。

世上有两种小说家。第一种是在写作前就做好了计划，写好了提纲，设计好了结尾，也就是说，在动笔之前就已经知道要写什么。这种作者很容易迷失，因为他们总是把重心放在做计划上，而一旦做好计划，他们就会想：啊，我做好了，就是这样写。然后，他的脑袋就会自动结束写作过程。

另外一种是草稿型作家，他们的存在既让人钦佩又让人觉得可怜。和其他艺术家一样，他们也依靠感官开始写作，小说中的人物也会在他们的潜意识里浮动，他们可以通过直觉感知人物的欲望，为人物设置活动的环境、事件，例如外界的某个瞬间或是阻挡他们欲望的事件。这些都是你们写小说时的基本元素。这类作家会直接开始写草稿，他们这么做就是出于我说过的原因——害怕自己被拖进理智和分析的世界。他们从来不做计划，因为计划对他们来说就是直接记忆，是某条信息或提前设想好的结局，是陷阱，会阻止他们进入无意识世界。因此，他们只要抓住一点儿蛛丝马迹，就会开始动笔，然后一头扎进去开始写草稿。他们会尽一切力量往下写，一直写，一直写，直到完成一部内容庞杂、枝节横生的小说草稿。而作家本人也很享受这个过程：啊，我终于写完这个大部头了，接下来要写第二稿、第三稿、第四稿……第十七稿，就这样，挺好……许多伟大的艺术品就是在这个过程中诞生的。如果统计一下，这种写作方式会更普遍一些，因为艺术家们很清楚被拖入理性世界的危险性。

但他们这样做并没有解决实际问题，只是推迟了问题发生的时间，因为在第一部庞杂无序的草稿完成后，你是不是还要给它瘦身？怎样让它变得有逻辑？在这个过程中，作家就会面临分析性思维的危险。

所以，我建议大家按照下面我说的方法创作小说。

某天，走进写作空间开始写作。首先，进入恍惚如梦状态，就好像要开始一句句写新小说了。不要动笔，先开始一场"梦境风暴"。不错，我说的不是头脑风暴，是梦境风暴。也就是说，你或是坐在椅子上，或是进入恍惚如梦的写作空间，让自己飘起来，自由地飘在空中，不要让任何东西牵绊住。然后再想象和故事中的人物坐在一起，看着他在小说可能营造的虚构世界里移动。接下来就要在小说世界里梦游了，此时要进入瞬间写作后的下一层——场景。这个过程每天都要坚持，一直持续六周、八周，甚至十周、十二周。在这个过程中，你要进入写作空间，进入梦空间，要在里面飘浮，来一场"梦境风暴"，想象出小说中可能出现的场景、人物及其欲望。要飘浮到小说的所有角落，包括开头、中间和结尾。

先准备一个用来列清单的笔记本（也可以直接用电脑，我喜欢在便笺簿上手写）。这个清单就是可能出现在小说中的场景提示词，大概六到八个，十个也可以，但不要再多了。然后只要心里有感官体验出现，就立刻把它们写下来，它们可能会很微弱，也可能只是一些片段，但不管如何，都要确保每个词是从具体感官出发的。例如，看到某个东西，闻到什么气味，吃到什么东西，听到什么，等等。不要相信以想法或概念形式出现的场景，每个场景必须是视觉化的形象，即使是碎片化的也可以，而且还要包含相应的感官体验。

提示词必须简短。比如"劳埃德强奸了安娜""达里尔盯着挖土的小铲子，陷入沉思"，这些是《骨肉同胞》里的场景提示词。在这一天里，你会在许多可能出现在小说中的场景中飘浮，这些场景可能是小说的不同部分。当某个场景强烈到一定程度的时候，草稿型作家的本能反应就出现了，你会急切地想要写某个场景。千万不要写，要抵抗住这种欲望，即使你对这个场景有"哇哦，简直太有画面感了，天啊，好像它就在那儿"这种感觉，也不要去动笔，就是把这些词放在那儿，然后抽身出来，继续让你的无意识飘浮。

此时，你已经进了"场景流"里。一个场景引出另外一个，再引出下一个，就这样连续下去，让它们一一浮现，非常好。每个场景至少要有一个提示词，六到八个也可以。如果场景流慢慢地消失，就不要强迫它们持续下去，也不要强迫自己去寻找下一个场景。

另外，要记住非常重要的一点：在这六周、八周或十二周的时间里，不要努力去组织或控制场景，任何努力都不要。如果遇到了完全相反的场景，也不要尝试去调和。比如，"劳埃德强奸了安娜"与"劳埃德觉得他强奸了安娜，但他其实没有"。即使是连续两天遇到这样矛盾的场景，也不要去调和，要直接把这些相反的元素写下来。

到了最后，"场景消失"这种现象会不断出现，场景会越来越少。然后你会发现，每天脑海里可能只浮现出一个场景。此时你就可以说：哇，终于完工了。

最后你会写出多少场景？一百五十个？二百个？或许是三百个。好了，准备进入下个阶段。

如果你写出了二百个场景，那就应该是二百张长五英寸宽三英寸的卡片。不要用长七英寸宽五英寸的，因为我们只需要写短语的空间，这样比较容易把握。现在把这二百张卡片平放，一张张排列好，每一张的中心处写着某个场景的提示词或短语，每张卡片上是一个场景，二百张卡片就是二百个场景。

我再强调一下卡片的尺寸问题。"功能固着"的作用也是双面的。有些人喜欢用卡片写学术论文、学位论文或其他分析类的文章,如果是这样,在写作时就要换成其他卡片。比如,如果你写这类文章时用的是白色卡片,那么写创意性作品时,可以换一换卡片的颜色。

到此为止,你已经克服了所有不利的因素,把小说的二百个场景写在了二百张卡片上。接下来要做的就是走进写作区,清理出来一张桌子,进入恍惚如梦状态,开始浏览这二百张卡片。此时你会发现,每看一张卡片,就会有一个很微弱的感官体验从卡片上跳下来,钻进你的脑袋,你会听到"砰砰砰"的声音。这是要做什么?这是要为你的故事挑选最合适的第一个场景,也就是最佳攻击点。虽然按照叙事模式来说,它应该出现在故事的开头,但事实上它可能不会是按照时间顺序出现的第一个场景。很多时候,在这个场景出现前故事就已经开始了。找到这个场景后,把它放在你写作空间的最上方,在此之前你的写作空间还是空的,没有任何卡片。然后继续进入恍惚如梦的状态,继续浏览卡片,去找第二个场景。之后再继续找第三个,依次往下。第一天结束后,你可能会找到八个场景,就把它们按照顺序放在写作区。

在第二天进入写作空间后,要继续进入恍惚如梦的状态,把前一天找好的八张卡片重新浏览一遍,把它们重新在桌子的左上角放好。在这个过程中，你其实就在读你要写的小说。看完它们后，继续浏览其他卡片，去寻找其他场景。

寻找场景的过程也分多种。可以一直浏览下去，直到找到故事的结尾，安排好所有卡片，构思好整部小说。我就是这样写出《骨肉同胞》的。在整个写作过程中，原来的二百张卡片最后缩减到了九十二张。

有时，在寻找卡片时会不断遇到问题。比如，当你找到第二十二张卡片——第二十二个场景后，要从剩下的一百七十八张卡片中找到第二十三个场景，此时你却突然意识到这两个场景之间好像有空隙。这时候，你要"梦"出一个场景去填补空隙。也就是说，此时你要回到恍惚如梦的状态，重新"梦"出两到三张卡片。但你发现，当你准备好去"做梦"的时候，突然就有一个场景跳出来补上了这个空，这个场景是第一次"做梦"时没有梦到的。还有其他问题，比如你"梦"到的很多场景最后没有进入小说的最终结构中；又或者在小说结构形成的过程中，许多对立的场景自动融合在一起；又或者一路走下去，一直走到结尾，如果是这种极端的情况，就要把卡片标上数字，从一开始一直标到完成整部小说框架的最后一个数字。

在"梦境风暴"过程中，不要去思考怎样写下去，要拥抱"随意性"。如果你向无意识世界中"敲进"一个合适的人物，让他拥有了合适的欲望，而且无意识世界还一直绕着这个人转，那么你的无意识很可能已经进入"深思熟虑"和"情景化"模式中。几周的"梦境风暴"过后，要试着让这些随意的内容变得有序，但这种有序只是场景之间的联系。也就是说，你寻找的是联结所有零散场景的主线，而不需要考虑场景之间的过渡。一部小说中会有许多可能出现的瞬间和场景，要想在不刻意的情况下完整地展现它们，唯一的途径就是让它们以自己的节奏随意出现。你要做的是找到它们的顺序，让这些零散的场景变得故事化。

现在暂时转移一下话题，谈谈写作中的"研究"问题。我看书的时候，经常会做索引卡片，但索引的内容与学术研究是完全不同的，它们都是阅读时的一些详细的感官体验。在读书做"研究"的过程中，我们可以把感官细节、场景和找到的意象在索引卡上记录下来，然后插入已经排列好的卡片中。比如，《骨肉同胞》的背景是建造第一颗原子弹时的阿拉莫戈多沙漠。我做了一些历史方面的研究，读了一些核物理和考古方面的书，做了许多卡片，简单记录了小说中有些场景需要的知识。小说中的一个主人公是原子弹团队里的一员，他的工作是带领团队制作出爆炸中形状合适的透镜。我并不了解原子弹爆炸的所有细节，就是在读到关于制作透镜的资料时，心里有个声音告诉我，这就是小说中劳埃德的工作。我查了很多这方面的资料，做了许多索引卡片，比如用来追踪大爆炸中飞出的 β 粒子的云室、云室内的雾气照片和 β 粒子衰变时的轨迹等。在梦境风暴的过程中，有时场景会提示要出现这些细节，有时这些细节会提示场景的出现。比如，在一个场景中，劳埃德就要重新调整云室的照片。记录细节的时候，每张卡片上只需要六到八个关键词，记录下你的感官细节、某个场景的提示词或一本书的名字，以后可以从这本书里找到一些有关历史或职业的细节。但这些场景还不能榨出果汁，因为你很清楚此时还没有开始描写细节，也没有写对话，你只是写了一些提示词，之后要继续往下走。

在所有卡片完全按顺序排列好后，就从第一张开始写起，完成第一个场景。此时无意识已经准备好了，因为这几个词中蕴含的感官印象可以召唤出需要的场景。然后，继续进入恍惚如梦的状态，把这个场景写下来。接下来是第二个、第三个……猜猜，当你写到第三个场景时会发生什么？会是一些你根本想不到的东西，你甚至都不知道它们是从哪里出来的，因为这一切都是无意识的产物。太棒了，这样就开始第四个、第五个场景，这些场景你同样没有提前意识到。就这样，非常好。

写到这里，你会觉得故事要进入主题了。完成了意料之外的第三个、第四个和第五个场景后，回头去看看第四张卡片，此时你会感觉好像小说已经偏离了主题。等等，此时有些东西要变一变了。你要重新浏览所有的卡片，从第四张到第九十二张（或者其他任意一张，总之就是最后一张）。浏览之后呢？第二天，重新进入恍惚如梦的状态，重新排列从第四张到最后一张卡片的顺序，重新安排小说的结构。

我自己是从头到尾连续不断地写的，不过在这一点上不必过于教条，每个艺术家都有自己的创作方式。我是没有顺序就写不下去的人，因为我觉得在小说叙述中顺序非常关键。如果一切都有机化了，我可能会跳过六个、八个或者十个场景去写最想写的那个场景，但在这种跨场景上下文缺失的状态下，怎么去安排要写的场景里的人物、声音、形象和事件？关键的母题和故事改写在这种情况下是很难完成的，而且此时所有的决定也都是暂时的。那我为什么还要这么跳跃场景写作呢？我觉得很多时候这就是一种转移注意力的冲动，你会这样想：这个场景我现在可以控制；这个场景不是问题；今天最好就写这个场景。

所以，"任意发挥"是不行的，这时结构在整部小说的最关键地方出现了，你会觉得自己有种欲望，要去追求艺术的有机性，要去重新安排作品中已经存在的元素，还要考虑人物欲望的动机。在这个过程中，结构不可避免地就会出现。

这种卡片写作系统其实没有固定的模式。不是说把九十二张卡片排列好，再把它们一张张地写出来，一本小说就完成了。不是这样的。在整个过程中，你要不断地改写，改写，再改写，要一遍又一遍地改写，但不是改写词句，而是小说的结构。这么做并不奇怪，因为只有在一切都重新组织好后，结果才会出现。一切都是有弹性的，但这一切必须要在恍惚如梦的状态中完成，否则你就扣动了嘴里猎枪的扳机，把小说毙掉了。

另外，还可以用一种更有限制性、更富弹性的方法来使用这个系统。例如，我在写第七本小说《他们低声私语》（*They Whisper*）时，被一种很微妙的情感驱动着，最后写出了很复杂的结构。在这个过程中，我完全不可能预想出下一步的结构。经过"梦境风暴"，我收集到二百张卡片，最终找到八张作为小说开头。我把它们挑选出来，不断地重新排列，然后再把它们写出来。写完之后，我继续找六到八张卡片，然后再写，就这样持续下去。这些卡片中暗藏着一种可能性，它指引并组织着我的潜意识即兴创作出小说的形式。

同一种卡片排列方式，我不会用第二次，它们对我来说很像塔罗牌。保持开放流动的心态很重要，一切事情都不是固定的，还要保证写作时要一直处于恍惚如梦的状态。

这种卡片写作方法比草稿写作有优势。草稿写作的问题在于，不管作者的心态多么开放，他会不断修改稿子，从第一稿到第二稿，第三稿时的修改会更多，第四稿中就可能增添很多粗糙的、不经考虑就写出的东西。如果是一本复杂的小说，写作者会不断遇到岔路口，要不断地去选择走哪条路。这种情况如果在小说的开头或中间就开始出现，那到了结尾小说就会变得非常庞杂，几乎把它能触及的地方都触及了，此时要是再回到小说的第三十页去选择另外一种写作方法，就会特别困难。而卡片写作系统就解决了这个问题。在这种系统下，所有的岔路口都不是问题，不管选择哪个路口都是可以的。比如，第六周的梦境风暴过后，你选择了一条路。到了第十周，只要你乐意，还可以选择另外一条，因为不管选择哪个路口，你都是在改写，都是在"重梦"作品的结构。

我觉得这种系统可以弥补草稿写作的缺陷。但不管怎么说，一切的最终目的是要进入身体的白热化中心，去摆脱妨碍它的东西。如果草稿写作妨碍它，就不要用；如果梦境风暴妨碍到它，也可以丢掉。

如果"梦境风暴"的对象是短篇小说，你就要清楚它感染读者的不是场景，因为大多数短篇小说不会有很多场景，而是各种形式和元素，可以是一个场景，也可以是一个意象、一个快进镜头、一个细节、几组对话。比如"扬起眉毛"和"乔强奸了安娜"，这些都可能会在短篇小说的

"梦境风暴"中发挥作用。所以，五张卡片对组织短篇小说的故事结构作用不大。短篇小说需要的应该还是草稿型写法。

但如果你真的想"梦境风暴"出一篇短篇小说中的所有元素，也不是不可以用卡片写作系统。有时我就是这样写短篇小说的：准备一本便笺簿，如果小说只需要三个场景，就把三个场景的提示词分别写在第一页、第二页和第三页上。然后，把梦境风暴中的其他元素归到适合的场景里。但这种方法对我不太适用，毕竟我是很晚才开始写短篇的，在此之前的十几年里，我已经用无意识写了六部长篇小说，但确实有作者觉得可以，我还和这些人交流过。卡片写作系统很适合时间跨度特别大、场景特别多的长篇小说。有作者告诉过我，这种方法推动着他们往前走，他们会更清楚小说的下一步是什么，也知道哪些细节能够丰富某个场景。

谈到细节，我们再来讲一讲如何把这些细节拼接在一起。这些细节一般都非常感性，都是瞬间的感官体验，即使把它们拼在一起，又如何能融为一体呢？这种拼接而成的东西又是如何反映人类生存状态的呢？

我之前讲过，文学作品是一种有机体，是各种感官体验交织在一起、发生共鸣才产生的，所有的元素都在自己的轨道上循环往复。小说的感官细节背后通常隐藏着一种深层模式，它体现的是人类生存状态中最深层的、最模式化的感官体验。在音乐领域，它被称为"作曲动机"，我们把它借用到文学领域，那就是母题。小说中会有某些元素不断循环，促使一些价值产生，这些价值又联结起来，互相影响。作为读者，在这个过程中会看到作品的母题；而作为写作者，则创造了意义。

二十世纪初，人们都认为表演是一门艺术，演员要通过智慧有意识地学习利用手势、面部表情和声音表现人物。康斯坦丁·斯坦尼斯拉夫斯基在创立莫斯科艺术剧院后重新定义了这种表演艺术。他认为演员不需要用分析性思维刻意地去表演，表演根本不是这样的。相反，他们要把内心的感官记忆和机制代入人物的内心中去。一旦成功，外部的表演自然而然就完成了。他说，表演技巧当然是需要的，但不是主要的。只有表演开始之后，才会有表演技巧，而且它存在于演员的内心深处。这种观点被人称作"体验派表演方法"。如今，无论是电视、电影，还是舞台戏剧，优秀表演的核心都是如此。而我马上要和大家讨论的在许多方面与这种表演很相似，所以也可以称为"体验派写作方法"。

基思·约翰斯通是一位专门研究即兴戏剧表演的教师，他在一篇文章中提到，即兴表演过程中会有一种"再合并（reincorporate）"现象。在这个过程中，表演者会利用各种不同的素材，其中有一些会来源于现场观众。表演者像是倒着走的人，在表演过程中会不断地回到以前的表演上，只有不断地向后看，把已经出现过的故事内容合并起来，表演者才能继续下去。

在小说写作中，这种最初的、不同的、本能的东西都来自梦空间。虽然我确信写作与即兴表演很相似，但在写作中，你不可能把这些元素直接转换到电脑屏幕上后就问自己："好了，接下来该写什么？"现在回想一下格雷厄姆·格林，思考如何分解生活中的"堆肥"，它们包含你所有的生活经历和经验。好了，现在你要创作一部小说，你的潜意识里会持续不断地冒出来一些东西。作为故事讲述者，你要时常去回顾它们，不断地重新创作、重新合并故事中已经存在的元素。如此一来，在小说结尾时，所有元素就会环环相扣、循环往复，然后母题会把所有感官元素串联起来，形成"格式塔（gestalt）"，也就是一种整体大于部分的形态，一部作品也就成功地被随意弹奏了出来，而这个弹奏交织了不同的调子、声音和空气流动。

现在我来举个例子，不好意思，还是《骨肉同胞》，因为我想不起其他小说了，虽然你们没有读过这个故事。我要谈一谈其中的一些细节。刚刚我是不是提到了格雷厄姆·格林？

《骨肉同胞》的故事发生在一九四五年的阿拉莫戈多沙

漠，以第三人称展开叙事，一共有两个人物视角，也就是两个叙事者，因此也包含了两条情感线。第一个人物是考古学家达里尔·里夫斯，他在沙漠中央发现了一个印第安人古墓，这个墓地形成于十七世纪，那时的印第安人还处于游牧状态，当时也只有中西部的人才会建造墓地，所以这里的印第安人一定是从那边迁徙过来的。那这个古墓在这儿是做什么用的？这会是一个很伟大的考古发现。

达里尔和他的两个研究生想一起挖开这个古墓。故事开始时，他们已经做好了清理工作，准备进入这个地下艺术宫殿。而古墓附近就有 B-29 轰炸机在进行实战演习。更重要的是，在墓地向南九百米开外的地方，政府正在组装世界上第一颗原子弹，而且第一次试验在两周内就要开始了。

第二个人物是劳埃德·库尔特，他是一个核物理学家，和著名的 J. 罗伯特·奥本海默[1]一起工作，但后者在小说中只是一个小角色。现在，小说涉及两个很有思想深度的人物，达里尔和劳埃德，他们都是非常理性的科学家，但内心却渴望两人能够产生联系，因为他们都生活在与世隔绝的沙漠里。

接下来我对小说的分析是一种间接的、人为的体验，

---

[1] 美国原子弹之父，曼哈顿计划的领导者，美国加利福尼亚大学伯克利分校物理学教授。

真正的阅读不应该是这样的。

两个主人公都有暴力倾向，尤其是劳埃德，他小的时候亲眼看着父亲殴打母亲，这些记忆在他内心深处一直翻滚。达里尔虽然表面看上去挺好，但他一直过着与世隔绝的生活，几年前妻子也离开了他，让他受到了很深的打击。

小说还涉及一个人物——安娜·布朗。她在美国陆军妇女队服役，不是小说的叙事者。战时许多女性都开始觉醒，她就是一个有着强烈女性独立精神的女人。在沙漠里的军需处，劳埃德遇到她后爱上了她，并且强烈地渴望得到她，于是他做了安排，把她调到原子弹的实验基地为他工作。然后，达里尔又遇到了她，也爱上了她。奥本海默很欣赏这位年轻的考古学家，于是又把安娜借调给达里尔，为他工作。劳埃德和达里尔于是变成了情敌，开始互相嫉妒。

同样是一片沙漠，一个地方在研制原子弹，另外一个地方在开挖古墓。古墓里面躺着一个印第安酋长，身披一件披风，上面镶嵌着两万颗光滑的珍珠，说明这是一个拥有绝对权力的人。在墓穴的祭坛处，达里尔慢慢地发掘出三具女人尸体，三个女人都很年轻，脖子都断了。很明显，她们是酋长的陪葬品，酋长下葬前她们就被拧断了脖子。

军队占领沙漠后，强制征用了一些农场工人来这里干活。小说的开始描写了地平线上的原子弹，也提到了东方传过来的枪声，这是有些工人因为被迫离开家园联合起来和军队打游击战，最后他们被军队击毙。

小说整体上其实是在描述暴力，你们觉得是不是？回到圣菲后，达里尔遇到了一位军队里的教授，教授的背部和腿上都中过子弹，他向民众散布谣言说欧洲马上就要开始大屠杀了。这里又是暴力主题。也就是说，两个主人公同时遇到了政治暴力和个体暴力。

小说又通过许多细节不断地重复和重写暴力这个主题。

现在来看他们的职业。达里尔是一直要挖土的考古学家。每次想到抛弃他的妻子时，他就会拿起她落在梳妆台上的梳子或镜子仔细看，试着去理解她。这些东西就像从古墓里挖出来似的那样古老。

和安娜在一起时他显得很笨拙。清理第一具女人尸体时，他感觉到了强烈的情欲（骨架的骨盆会引起情欲，骨盆的某些部分又会让人联想到女人身体的深处），因此安娜的存在强烈地冲撞着他的内心。

在小说第二页，他停下清理工作，摸了摸眉毛，然后又定定地看手中的泥铲，这是他挖掘历史的主要工具。他注意到，铲子的刃既锋利又柔软，就像一把"托莱多剑"。托莱多是西班牙语，在墓穴中这位印第安酋长在世的时代，这里是印第安人的造剑中心。

在第一百五十八页，一个农场工人来到墓地绑架了达里尔和两个研究生,之后军队包围了墓地。农场工人威胁军队说要杀死人质。安娜哭起来,这惹恼了工人,他用枪指向安娜。达里尔非常震惊和害怕,但他什么也做不了。幸好工人最后没有朝安娜射击,而是朝女尸开了枪,击碎了其脑壳。这个行为惹怒了达里尔,把他对女尸的想法彻底暴露出来。还记得小说前面提到的泥铲吗?此时它正静静地躺在泥地里,没有人注意,达里尔说这个泥铲像什么?对,托莱多剑。达里尔最后就用这个铲子杀死了工人。他竟然杀死了一个男人,而杀人工具——泥铲——表面上代表高尚的科学,实质上却是暴力的象征。

劳埃德最后强奸了安娜,这里暂不提这一段。我们先来看原子弹和劳埃德的工作。第一个原子弹其实是一个核聚变设备,中心区是可裂变的化学元素钚,可以引起连锁反应。它周围堆积着传统爆炸物,这些东西外面是一个透镜(需要很精细的操作才能做出合适形状的透镜)。原子弹爆炸时,会有冲击波向外辐射,但不是简单地扩散,而是先撞击透镜,然后以指数递增的力量撞击中心区,也就是化学元素钚。这种力量才能引起之后的链式反应。

在小说刚开始不久,劳埃德盯着原子弹沉思。他是怎么想这个核聚变反应的?他说:"钚在中心区等待着,就像一位新娘。"

这里的核聚变反应映射的是劳埃德的心理。他是一个有思想的人，但也是一个残酷的人。他的体内关着一股暴力之源，很可能在某个时刻爆炸。他向安娜求婚，想让她做他的新娘，但安娜非常干脆地拒绝了他。于是，被他忽略的、关闭的愤怒冲了出来，他强奸了安娜。强奸的一幕发生时，故事马上就要结束了。虽然它只是那么一瞬，只是一个大场景中的小场景，但它却形象地隐喻了劳埃德所研制的原子弹——它在中心区等待着，就像一位新娘。

以上是我针对这本小说的间接的、人为的阅读方法，目的是揭示出小说中的细节感官模式。大家现在应该能理解我讲的了。原子弹、核聚变过程、施虐的父亲、泥铲、剑、新娘、古印第安屠杀者、挟持人质的农场工人、强奸、大屠杀、没有被揭开的历史以及代表暴力的物件等，所有的事件都呼应了这些细节，瞬间的感官体验变成了隐喻，所有元素不断地回响、重组、合并，最终形成了共鸣和母题。

第二部分

写作工坊

6. 阅读、文学批评和写作工坊

> 美学之于艺术家就如同鸟类学之于鸟儿。
>
> ——巴尼特·纽曼

不要低估内心那个让你退缩的力量,要说服自己,坚信自己是对的。

比如这种:"我们来读一本好书吧,就读珍妮特·伯罗薇的最新小说。"想要成为作家,读书当然是不可避免的,而且还要大量地读,但如此一来,你在写作过程中(包括在日常生活中)就有可能被他人的声音、视觉和感觉影响。你要去寻找自己的艺术认同感和通往无意识的路,因此一定要谨慎对待阅读。这些阅读中的"他者"声音,可能会给你带来许多好的想法,能够提高你的写作水平,但却会影响你的专注力。所以我想说,要成为作家,必须动手去写。

写作者和读者都要明白，如果一部艺术品诞生于"梦空间"而不是大脑，那么在欣赏它的时候，也需要进入梦空间。作为读者，首先必须要做的就是与作品产生共鸣。

这种写作方法与大家以前接受的方法应该是相反的。我觉得大家接受的阅读教育犯了一些基本错误，我不是说教学方法，而是说它们没有强调一些很重要的点来帮助大家更好地理解阅读过程。

沃克·珀西[1]就说得很好。他说，一部长篇小说就是一种不断演变的复杂情感的名字，一个非常长的名字，而且也是唯一适合这种情感的名字。我常常想，如果有人问我的小说《合理警告》(*Fair Warning*)有什么意义，我就只会回答：再读一遍。《合理警告》是一个由七万五千个词组成的名字，概括了一种不断演变的复杂情感或存在状态，甚至是宇宙的状态。这个名字本身的意义也是不确定的。新西兰的毛利人给一座山起了一个名字，翻译过来意思是：大膝盖的"吞山者"托马蒂亚爬上、滑下、吞没大山，给爱人吹笛子的地方。这名字就是一部小说。这座山叫什么？它就叫这个。这名字代表什么意义？没什么意义，就是没有别的意思，而且名字本身也无法变简单。长篇小说和短篇小说也是如此，就是无法简化的名字。

---

[1] 美国著名后现代主义作家，代表作有《迷失宇宙》《最后的绅士》《废墟下的爱情》等。

理解这些名字需要的不是分析性思维，而是美学思维，要在内心深处与作品产生共鸣，这才是欣赏艺术首先和必须要做的事情。听完一首贝多芬交响曲，欣赏完一幅莫奈的画，看完一场苏珊·法雷尔的芭蕾舞，你的脑子里不可能全是理性的想法，比如坐在椅子上去回想第一幕的主题如何在第二幕中表现，如何在第三幕、第四幕中依次加深。当然，这也是一种愉悦感，也有其特定的价值，但绝对不是一种审美反应。

我觉得现在的文学教育是错误的，老师们有意无意地会让学生们觉得作家是一群"白痴"学者，他们很想表达一些抽象的、理论性的、哲学性的东西，但就是做不到，于是只能弄出那些玩意儿，让那些有思想的文学评论家们把它们转换成分析性的、哲学性的、有思想深度的术语，好像只有这样作品才产生了意义，产生了价值，才有了作用。大家想一想，是不是在很多文学课上老师都问过你们作品的意义是什么？这么问的意思好像就在说，你只是阅读那就毫无意义。还有的老师会问学生作者在这部作品中试图表达什么，但到底什么是"试图"？你们是不是总会遇到这样的问题？告诉你们，这些都是废话，同学们，都是胡说八道。按照这样的教学方式，大家欣赏文学作品的能力就完全被破坏了。如今电影之所以大行其道，成为最受欢迎的艺术形式，原因就是没人去上专门的影视欣赏课，但几乎人人都可以对电影产生审美回应。

不过话说回来,我觉得如果注意到两点,那就还可以用这种老方法教文学,学生也能获益不少。这两个问题人人都能理解,也都会相信它们是对的。第一点是在每节文学课开始时,老师要给学生强调下面的内容:我们在本学期的学习是一种间接的、人为的文学欣赏方法。这么做只是为了调整大家心中的琴弦,不仅是在你们的高音区和低音区添加新的弦,还要调整所有琴弦,这样你们在课程结束后欣赏文学作品时,就能与作品产生更加和谐、完整的共鸣。

强调完这一点后,就可以按照以前的方法讲授文学课了。

下面是第二点:调整完琴弦之后,要忘记课堂上讲过的所有内容。如果忘不掉,在欣赏下一部作品时,你会不自觉地把它们翻译成理论或概念,把它们肢解成碎片,这样对艺术品产生审美回应的能力就遭到了破坏,也就无法用正确的方式去理解艺术品。那我教给大家的可就是如何错过艺术精髓的方法了。

作为学生,如果文学老师没有这么告诉你们,那你自己就要注意,在课程开始的时候就要告诉自己遵循第一点,课程结束的时候做到第二点。

我想说,我上面强调的这些对你们以后融入艺术创作过程是非常关键的。表面上看，我是在批评现有文学课的教学方法，但其实我并没有这个意思，而且我自己也觉得刻意去批评是不对的。我只是想提醒你们，让你们知道我关心的东西，因为这些都是基础，是能够帮助你们形成自己见解的基础。下面这种情况也是如此：在进入艺术创作过程后，大家一定要掌握一定的写作技巧，但不能去批评佛罗里达州立大学写作工坊里其他人的作品。我们都是一群偏执狂，都会过于痴迷某种东西，把自己关在某个牢笼中，蜷缩在这个笼子的一角。但事实上，我们需要进入许多不同的牢笼，因为你自己痴迷的东西必定与马克的不同，与伊丽莎白的不同，与弗吉尔的也不同，你需要在大家面前暴露自己。但还好我们的老师是不同的，他们就是一个互补的群体。如果你们的老师只有我，那大家一定会错过许多东西。因此，在所有同学或某些同学之前暴露自己是非常重要的。

另外大家要明白，佛罗里达州立大学真的很不错，这里英语系的老师们都非常热爱文学，可不是所有大学的英语系都这样。美国许多大学的英语系甚至都没有开设研究生文学课程，文学在他们那里就是一些二手资料，老师们都是拿着文学评论作品去讲课。但我们不一样，这里有许多优秀的文学老师，他们从来不会这么上课。学校要求大家学习文学课是对的，这是一所非常好的学校。

接下来我们要讲的是写作工坊以及如何在工坊中实践我之前讲的知识。如果大家以后的教学重点和我的一样，就可以把这些作为参考，当然也可以把它们作为非正式写作小组的参考资料。所有写作工坊都存在风险。如果你们有强烈的意愿进入无意识世界，就是我一直强调的大家最需要的状态，那我就要改变现在的教学方法，而且要大范围地改。首先是写作量的要求。本学期我不会要求大家一定要写多少字，我们实行的类似荣誉制度。我要求大家每天都要进入冥想状态，即使不写一个字，也要进入恍惚如梦的状态，让思想随意飘浮，随意和其他东西产生联系，然后突然在某一刻，你就想动笔写了。当然，我说过大家要坚持每天都动笔写。

工坊开始几周后，你们要来主动告诉我你们现在正处于无意识写作的哪个阶段，以及你们自己觉得这学期能写出多少东西。我要根据每个人的情况为大家制定写作目标。写作工坊的目标就是让大家抛弃理智，所以我不会规定写作量或者强迫你们写东西。另外，每个人都可以选择参加或不参加写作工坊，如果有一周的写作工坊上你什么都没有写出来，那也没问题。就是来上课，互相见见，互相聊聊天，一起冥想或做些其他事情，然后就可以下课回去了。

如果有人计划写长篇小说，而且无意识世界也接受了我的写作方法，这学期就可以只进行"梦境风暴"，确定好小说所需的场景，然后在学期末交上来几页小说就可以。所以，写作量是灵活的，我不会限制大家。

大家也可以写一些片段，但前提是这些片段必须是某部作品的开头。另外，我不会限制大家怎样利用无意识世界去创作，但我会给大家多提建议，也会听大家的想法。我说过，每部作品的"预梦"系统都是不同的，但无论怎样不同，没有安排好场景的顺序就开始写是不稳妥的，因为刚入门的写作者都会下意识地避开难写的东西。所以，如果你写了某个片段，这个片段就要是一部作品的开头，你要让我们知道你最后要交什么作品。

这学期大家每周可以提交四篇有效作品，如果是片段，就可以更多一些。理论上讲，也可以每人提交两次，一共提交六篇，因为有些人肯定不愿意参加写作工坊。只要愿意参加写作工坊，就一定有机会提交作品。另外，如果有人很早就把写作片段交了上来，也不代表就非要接着这个片段写下去。如果一次工坊你都不参加，我在学期结束时会和你单独见面聊天。

另外，在我的写作工坊，我不强制大家对其他人的作品进行评价，这也是与其他写作工坊不同的地方。当然，如果你乐意评价，也肯定有机会。我的目标是让大家远离理性思维，在看到其他同学的作品时，要把它们当作艺术品，不能拿着笔去修改，也不能在心里盘算要怎么评价，虽然很多时候这就是一种善意的冲动。大家一定不要这么想，"这家伙上周批评我了，这次我一定也要让他难堪"，更不能这样想，"巴特勒能帮我出版作品，所以，我不仅要让他看到我作品的厉害，还要用我的批评才华和审美上的雄辩去征服他"。我肯定不会因为这个对某个人印象深刻。评价作品不会影响大家的成绩，我也不关心你们能不能写出精彩的书评。如果潜意识里你很想做这些，那就很难掌握阅读作品草稿的正确方法。在读别人的作品时，尤其是第一次，你要把作者当作托尔斯泰或奥康纳，要把作品当作艺术品，要像随便弹琴一样砰砰砰地弹，直到听到"咚"的一声响。然后再读第二遍，这时要拿起一支笔，一边"砰砰砰"地弹琴，等待着"咚"的那声响，等到之后，赶紧在作品中做标记，然后再继续往下弹。

然后，再回头去看那些"咚"，此时千万不要关注作品的写作技巧，而是要根据我讲过的写作过程，去思考他们这么写的原因。如果这些原因能够证明作品完全来自潜意识，作品的主人公也展示出或是感觉到了自己的"欲望"，那就可以去思考写作技巧。在此之前，不要对作品的写作技巧做任何评价。我在点评时，也基本上只会告诉你作品哪里缺少欲望，哪里是靠理智思维完成的。

所以我得提前告诉你们，以后我在课堂上说得最多的可能就是"把这个收起来，以后不要再看了""不能重写，不能修改，不能瞎写，不能返工""作品的开头不对""你看，这次你是这么想的，下次可能就又想别的去了"这些话。我希望大家在评论别人的作品时，一定要注意类似"欲望"和"瞬间感官体验"这些根本性的问题，我们一直讨论的就是这些。然后，再在作品的写作技巧方面发表精彩见解。

另外还要注意，评价别人的作品一定要有理有据，要指出原文的出处，如果不能准确找出证明你想法的原文，一定不要瞎编，只需要告诉大家"我就是感觉这样写好像不行"，然后大家一起到原文中去找根据。而且问题出现后，也不要觉得就一定要去找到它的原因和解决办法，这样会让你重新陷入理智思维的旋涡。我想听到大家说：就是四段，我看到后脑子里就"咚"的一声。这才是你的评价，才是有用的评价。

米斯蒂问过我一个与写作工坊本身没有关系的问题。她说，有些故事她写了两三年，工坊里也讨论过，同学们也提了不少建议，她还修改了很多次，但她还是觉得不行，就是一直觉得需要修改，所以到最后她都觉得没法投稿了。你们觉得这种状态应该怎么办？如何知道什么时候投稿，什么时候放弃？告诉大家，如果是一篇短篇，你一直在修改，修改了两三年还无法投稿，那这个故事一定不是出自你的潜意识。当然，长篇小说稍有不同。如果是长篇，遇到这种状况，就需要回过头以读者的身份重新去读故事。如果此时你确定作品是出自潜意识，人物也有强烈的欲望，那无论你觉得里面有多少问题，都要继续写下去。理智思维对写作的影响很坏，理智评价同样如此，会给写作者带来负面影响。所以，如果是长篇，就回到第一稿，也就是最靠近故事中心的那一稿，不要去管任何人的评论。这个过程确实需要很多精力，因为即使你一直处于无意识状态，理智也总是会闯入，你需要去克服它，但是许多写作工坊对作品的评价是错误的，许多工坊都是一个瞎子带着一群视力正常的人在向前跑。所以，终稿完成后，只需要拿给几个你最信任的人看就行了。

换句话说，遇到这样的情况时，要重新回到作品本身，把它看作别人写的东西，尽可能多读几次，直到感受不到那个"咚"的声音后，就把故事装进信封邮寄出去。一旦邮寄出去，就不要再去想它，要忘掉它，继续去写下一个在潜意识里不停转的东西。你要沉入下意识世界，和它搏斗，把它拖出来，就这样一直下去。

如果被拒稿，不管什么评论，别理会。有些文学杂志确实会给出一些很差劲的评论，不要管，直接面对就行。编辑是怎么思考的？想一想，他们今天会收到五十封稿件，明天还会收到五十封，后天同样如此，每天都会如此。在这样的环境下，他们能敞开心扉去欣赏每一件作品吗？他们又怎么会因为某篇稿子就抛弃固有的世界观，去拥抱新的世界观呢？很少会有这样的编辑。编辑也是读者，他们的工作就是选择作品，这种工作本身会让他们下意识地去选那些他们熟悉的东西，当然他们可能不是故意的，但至少有这个倾向。所以他们最终留下的就是一些很差的、很普通乏味的东西。这种工作本身很难接纳真正的艺术家发出的"独特声音"，那些销量好、名声好、出版顺利的杂志更是如此，因为它们并不需要艺术。

借这个机会，我再给大家讲一讲如何欣赏文学作品。首先，必须要慢慢阅读，速度不能超过故事中的叙述声音。编辑和书评人在阅读时速度通常都很快，因为这是他们的职业要求，所以很多时候他们会误读。有些书评人一周能写三四篇书评。理论上讲，评论某些非虚构作品或不依赖艺术的书，这样的量是可以达到的。但事实上，如果每周能读四本书且读书的速度都一样，那这个读者一定不是好的文学作品读者。在快速阅读时，读者往往会为了找一些抽象性概念而自动跳过一些"无关紧要"的词，他们不会在意文章的节奏、叙述声音、主题的细微差异和反讽等效果。这样的阅读根本无法与作品产生共鸣。

在生活中，你身边的许多人会在各种无关审美的方面给你许多建议，这样的废话永远都不会停止。所以，从现在开始就要培养自己欣赏美的信心。

当然，这种自信也不能过头。我在写《敞开怀抱》这个故事时就太过狂妄，所以才会写出这个垃圾故事，下周我就把这个故事读给你们。那时的我完全不在乎这篇故事的缺点。从这个意义上说，艺术家（或是没有成功的艺术家）的生活就是一个悖论。

讲到这里，我再谈谈关于生活体验的问题。在长大的过程中，大家（包括我和珍妮特）一定都读过不少长篇小说和短篇小说集，这些小说的作家介绍里是不是都会包含类似"他在加利福尼亚摘葡萄，在意大利开救护车，是一名报社记者、洗碗工，在密西西比的电厂当工人"这样的句子？在人类的文化认知中，艺术家必须和现实世界产生直接的联系。古往今来，任何最终偏离写作道路的作家（如何偏离，下文会提到）都会有童年回忆，也都会有一些成年初期的经历。比如某位作家年少成名，处女作由著名出版社出版，这本书完全源于他的某一段生活经历。接下来，他的作家简介会变成：在阿默斯特大学或布朗大学获得学士学位，在艾奥瓦大学获得艺术硕士学位，在哪所大学教书，等等。如果他足够幸运，第二本书只是与第一本有所偏离。但第三本书写的可能就是一位教授和学生发生了婚外恋，第四本就只能是一本关于小说家的小说。到此时，他的生命和写作生涯就完全停止了。再之后，他会开始写非虚构作品。所以说，能够经受岁月磨炼的艺术家必须要有丰富的生活经历和体验。只有学术生活和书本之外以及理智思维之外的世界，也就是潜意识中的世界，才是堆积写作"堆肥"的主要材料。

如今，创作故事或小说所需的生活经历其实可以从各种"研究"中获得。下面我就告诉大家一些对写作很有帮助的资料库。首先是互联网，对写作者而言，这是一个新型图书馆，是一种获得感官体验的新方法。举个例子。在我的小说《太空人先生》（*Mr. Spaceman*）中，一位老婆婆提到，她年轻的时候有一次出去散步，走到了一个小沙丘上，然后看到了莱特兄弟驾驶第一架飞机飞行的场景，这让她余生都非常渴望飞行。那么，年老时在描述这架飞机时，她一定还记得覆盖飞机大骨架的是什么布料。但我不知道。那怎么去找到这个细节呢？你当然可以跑到某个图书馆里，花上几个小时去查，因为一定不会有百科全书记载了这个布料。但互联网就不一样了。当时，谷歌还没有出现，阿尔塔维斯塔（Alta Vista）是最好的搜索引擎。我就在它里面输入"莱特兄弟""飞机""材料"和"布"几个关键词，三分钟之后，我在史密森学会网站上找到了答案，是棉布。

除了互联网，一些工具书也对获得感官体验很有帮助，比如《牛津-杜登英语图解词典》（*The Oxford-Duden Pictorial English Dictionary*），家里的书架上应该放一些类似的工具书。这本词典一共有六百五十页，涵盖了在阳光下你能见到的所有东西，仓库、河边地区、零售商店等，而且每张图片上还标了六七十个数字箭头，告诉读者物体每一部分的名称。假如你作品中的人物要走到哈得孙河的一个码头，坐在某个管状的圆形物体上，它上面还缠着绳子，与一艘船连在一起。如果你直接写，"啊，他坐在一个管子一样的东西上"，那就彻底失败了。所以要翻开工具书，找到码头的图片，再找到指向这个东西的箭头，于是你就知道了这是系船柱。书里还有两页多关于帽子的图片，看到它们你就会明白猪肉饼帽、硬草帽、圆顶礼帽、软呢帽之间的区别。这本书可是一个大资源库。

《韦氏大学英语词典》（*Merriam-Webster's Collegiate Dictionary*）以及《兰登书屋韦氏词典》（*Random House Webster's Unabridged Dictionary*）是仅有的涵盖词语来源的词典。如果在写作中涉及某个历史时间段，词典中提供的知识就很有用了。比如我的小说《沃巴什》的背景是一九三二年，里面涉及警察挥舞警棍的场面，但"billy club（警棍）"这个词是在二十世纪四十年代后才出现的，而"nightstick（警用木棒）"这个词在二十世纪初就出现了，所以小说中的警察挥舞的应该是 nightstick，而不是 billy club。所以说这两本词典在这方面就非常有用。还有珍贵的《牛津英语词典》（*Oxford English Dictionary*），里面词语的义项都是按出现的年代排列的，这方面两本韦氏词典就没有做到。

再给大家介绍一本很有用的书：《潘通色彩书》(*The Pantone Book of Color*)，作者是莱亚特丽斯·艾斯曼和劳伦斯·赫伯特，由哈里艾布拉姆斯艺术出版社出版。这本书里列出了上千种不同的色彩和它们的正式名字。偶尔看一看这样的参考书是很有用处的。

许多书都能提供某个特定时期的知识，比如印第安纳大学出版社出版的《美国服装，1915—1970》(*American Costume, 1915-1970*)，作者是雪莉·迈尔斯·奥多诺尔。我很喜欢这本书，因为从这里可以找到各个历史时期人们的日常穿着。另外，西尔斯罗巴克公司的商品目录复制品也是非常有用的，这个东西几年前还挺流行。还有，城市电话簿对写作也有帮助，下次去纽约或洛杉矶的时候记得偷一本。

还有，新生儿的命名簿也很有用。比如《忘掉珍妮弗、贾森、麦迪逊、蒙塔纳》(*Beyond Jennifer and Jason, Madison and Montana*)，这里面就列出了那个时期人们喜欢的大众名字，同时也提供了这些名字的暗含意义、传统含义等，里面有好几百个名字。刚开始写作的时候，我觉得这本书就很有用，可以帮我为人物找到合适的名字。

《美国建筑指南》(*A Field Guide to American Houses*)这本书也非常好，里面列出的是美国普通住宅的特征和名字，非常全面。《美国住所》(*American Shelter*)也能提供这方面的信息。

另外，在手边放一本好的俚语词典也是很有必要的。我推荐罗伯特·查普曼编辑的两本俚语词典：《新美国俚语词典》(*The New Dictionary of American Slang*)和《美国俚语词典》(*Thesaurus of American Slang*)。

7. 垃圾故事

> 小说是掩盖真相的一系列谎言。——卡洛斯·富恩特斯

大家应该都读过《敞开怀抱》了，我自己觉得这个故事写得很好。以后在课堂上，我会多次告诉大家"把那篇故事扔了，以后都不要碰了"。我觉得在告诉别人扔掉作品之前，我得让大家看看我自己扔掉后再也不碰的故事，同时也让你们看看一位优秀的作家在写作初期有多差劲。要知道，我是在写完第一稿的十八年后才把它改成《敞开怀抱》的。

今天晚上给大家读的是第一稿，这一稿确实是个垃圾故事。在读故事前，我先给大家读读我在越南做的笔记。那时我总是雄心勃勃地梦想哪一天能出名，所以总在屁股口袋里放一个笔记本，而且还很珍惜它，心想着上面的内

容哪一天会发表，比如这些：这是他屁股上的线条；这些是他手指涂抹的污迹；是的，这是他的牙刷。

但现在我想说，那时候我的梦想是错误的，笔记本上的东西也是错误的。

一名真正的艺术家的梦想应该是释放潜意识里对这个世界的想象，这种想象是深刻而原始的，而且非常活跃。真正的艺术家应该关注这样的想象，这也应该是他们唯一的梦想。这种想象的释放与作品的发表欲望有时候看起来很像，但事实上有本质的不同。前者是从内心白热化中心释放出的梦想，而后者只是对名誉的渴望，这两者完全不同。

那时的我天天揣着一个笔记本，在上面写了好几百条笔记。真正理解了艺术后，我就再也没看过它们。后来因为开始教写作，我又把它们翻了出来，看到了上面写的东西。

越南 Núi Đất 基地（当时我在的地方），沼海（chiêu hồi，在越南语中意为"敞开怀抱"）计划的一个士兵在看色情电影。他是越南共产党前军官，现在却在观看澳大利亚人的周末晚间色情电影，一共看了四个小时。没过多久我和他聊天，发现他很聪明。他本来是一名越共副官，他的妻子和儿子在自家门口被越南共和国（也就是南越）的陆军开枪打死，再加上他本人厌恶政府的挥霍无度、低效和腐败，最后隐入山林生活。去了山里后，他又觉得不能就这样轻易结束战斗，于是又回到军队中，成了澳大利亚军队的侦察员，带着他们在根据地之间转移。统计几十个越共分队成员（影子政府人员）的名字和数据。开车穿过村庄，见到一个女人只露出脸的下半部分，认出她是越共分队成员。六个星期前，他刚刚见过她一次。进入大山前，他花四天时间找到了那个南越陆军士兵。这个沼海士兵是工兵侦察排排长。去了越南劳动党南方局，这是越南共产党的总部，一直没有被发现。去了柬埔寨，走了一个月，学会了工兵的技术。有一天，我在看越南电视，他走进来，对我笑笑，然后坐在我身边，问我会不会说越南语，问我是不是美国人。我们一起聊天，一起看电视。我告诉他我对越南人的印象，他们都很善良，很热情，经过这么多年的战争后，他们肯定要经历许多苦难。他说，好几百年来，越南人都在经历战争，中国人和法国人也是如此，战争就是生活的一部分，他们非常渴望和平，无论是反对战争的人还是制造战争的人，都是如此。

上面都是笔记本上的东西。六个月之后，我写了成年之后的第一篇短篇小说。从那时起，我决定以后不再写戏剧，我觉得自己的未来属于小说。幸运的是，当时的我根本不知道这个未来会有多远。当时这个故事的名字是"沼海计划"。下面——我得深吸口气平静一下，下面就是当时我写的故事。

"喂，美国人，你真的要留在这儿吗？我们放的可是成人电影，是非常色的那种哦。"准尉沃利一边笑着说，一边移动俱乐部后面的藤椅。

他半是严肃半是戏谑的语气让我犹豫了一下，我想起了附近隆平的那些瘦小的姑娘们，她们身上香气袭人，在大街的暗处游荡，经常唠唠叨叨地抱怨。

"我试着看看吧。"我说。

在薄暮里，帆布发出噼噼啪啪的声音，我从大帐篷里向外看，许多树在狂风中舞动。我愿意用真实的性爱换取澳大利亚人的几棵树。

"你们营地里没有这样的电影吧？"

"没有。"

他使尽全力在搬椅子，碎石地上发出嘎吱嘎吱的声音。我又看了看外面的树，它们这会儿已经变成了紫色。

"要帮忙吗？"

"你就歇着放松放松，我自己能行。"

我站起来说："还是帮你搬吧。"

我走到他身边,帮他把椅子面对舞台摆整齐,舞台在俱乐部的最远处。

"你是不是放映员?"

"是啊。告诉你,这差事可不好干。幸好机器都不错,我们把床单当幕布用,很合适。"

我们一起笑了。这时,坦走了进来。我之前在营地里见过他,他是越南人,营地周围很少会出现越南人。他对着我们笑了笑,是一边摇头一边笑,这是典型的对不会说越南语的外国人的笑。他在靠近舞台的一张椅子上坐了下来。

"那是坦。"

"是,以前我在附近见过他。"

"他是沼海计划招来的越南人,以前是越共的工兵排排长。"说完后,这个澳大利亚人停了下来,好像是想要制造什么效果。我望了一眼那个瘦小的年轻越南人,他正在安静地吸烟。每当联合军谈到越南工兵的时候,总会对他们致以沉默的敬意。这些负责穿过防线的工兵是最勇敢、最凶悍的。"如果工兵们都像坦这样,越共几年前就把我们赶到大海里去了。坦现在是我们的侦察员了,这个小混蛋牵着我们的鼻子,让我们从这个根据地跑到那个根据地。他把福绥省几十个越共分队人员的详细情况都写了出来。这小伙子的脑袋,不得了。"

坦继续吸着烟,并没有注意到我们的谈话。他瘦小的身子一动不动地坐在大藤椅里。

"他为什么要加入越共?"

"一九六七年,他的妻子和孩子站在门口的时候,被一个政府兵用枪打死了。坦花了四天时间找到那个士兵,然后他就进了山。"

我起身朝坦那儿走去。走到他身边的时候,他抬起头看我,然后笑着对我点了点头。

"你好。"他用英语向我问候,发音很清晰。

"我现在很好,你呢?"我用标准的越南语答道。

坦大声笑了很久,然后伸出手,用越南语说:"你的越南语很流利。"

我和他握手,在他身边坐下。"不要让我坐纸飞机呀。"我用了一个越南谚语,意思是不想听恭维的话。坦又大声笑起来。

"非常好,非常好。你是美国人吧?"

"是的。我要和澳大利亚人在一起工作几个星期,我们有时会互相交换人员。"

"你在越南待了多久了?"

"大概三个月。"我回答。

"你的越南语竟然这么流利,真是不可思议。"

"来越南前,我在美国学了一年越南语。"

"明白了。但你的越南语真的很地道,只靠学习肯定是达不到的。你很厉害。"

"谢谢。我很开心能有机会和越南人聊天。"说完后,我就感到了和越南人谈话的尴尬,因为这话听起来很像教科书里的对话。

坦使劲吸了一口烟,享受了一会儿,从鼻子里喷出一些烟气。盯着香烟看了一会儿后,他抬头看着我,脸上带着很轻松的笑容,问道:"你觉得越南怎么样?"

"我非常喜欢越南。"我说,眼睛越过他看向外面黑色的天空,"这儿的夜晚很凉爽。"

"是的,空气也很清新。"我看向坦,他朝我笑笑,点点头,想让我多说一些。我看到了他的手。我听过许多崇拜工兵的话,就连一些资格很老的"优秀杀手"级的士兵都表达过对工兵的尊敬。因此,我对他的这双瘦小的、棕色的手有一种孩子般的敬畏感。他的左手放在藤椅把手上,右手认真地转动着香烟,不让一点点烟灰停留在燃着的一头。

"在这么凉爽的晚上和一个人待着是很不错的。"坦说。

我抬头看他。这句略带幽默的话让我有点儿吃惊,我的脑海里浮现了在夜晚巡逻的越共士兵。我不知道他是不是在故意说笑。

"来越南三个月,你只有这些感受吗?"他问。

"当然不是。"

"我很想听听你的感受。"

这样的谈话真是书本里面学不到的。"来越南之前,我以为有一半的越南人饱受战争摧残,会憎恨美国人。另外一半人会支持共产党,所以会想杀掉我。"

坦笑了。

"但来到越南后,许多越南人都让我吃惊,我和很多人都聊过天。他们每个人,包括男人和女人,都对我很友好,很真诚。"

"那是自然。"

"虽然经历了这么多年的苦难,越南人始终保持着一种先天的乐观和开朗,真是很特别。"

"越南人很会享受生活。"坦朝帐篷外看了一眼。他的烟不见了,两只手放在藤椅的把手上。他转过身看着我,很认真地笑了一下说:"越南人经历了几百年的战争。有很多国家和我们打过仗——柬埔寨、日本、法国。"

"还有美国……"我说。

"很多很多国家,所以越南人很了解战争,无所谓了。如果知道享受生活,又习惯了战争,那就无所谓。生活总是要继续下去,战争只是生活的一部分。我们享受生命,每天都很开心。"

几颗星星在高高的枝丫上空出现。坦和我一样，也在凝视着天空。

"你为什么要参军？"

坦转身看我，脸上轻松的笑容消失了，脸色变得严肃起来，但也只是若有所思的样子，看起来依然很友好。过了一会儿，他说："我们的政府变成强盗，从人民那儿偷东西，很腐败，很浪费，还喜欢镇压人民。那时候，我觉得似乎共产党可以替代它。"他停了下来，定定地看着我。我点点头，希望他多说一些。

我问："就这些吗？"

"当然不是。"我们安静地看了对方一眼，他又说："他们杀了我的妻子和孩子。"他停了一会儿，又说，"我们只在一起生活了两年。"

其他人陆续进场了，他们在俱乐部后面说说笑笑，有人要了啤酒，有人在挪椅子。

"那为什么你又要离开越共呢？"

"我要守住革命的纯洁性。我们的敌人越来越堕落，包括身体。在一个排里，有个士兵和一个护士搞在一起后，被枪毙了。"说到这里，他停下来，想了想又说，"当然，他们觉得这是应该的。"

我们后排慢慢坐满了人，另外一边也慢慢地坐满了，他们大声地聊着天。

指挥官走到台上讲话,想让大家安静一下,但一个巴掌拍不响,下面的人一直哈哈大笑。终于,灯关掉,电影开始了。一共是九部电影,每部二十分钟,都是丹麦电影,三个小时里全是特写镜头:不断动着的身体。还有手,带着欲望的手。

坦一动不动地看完了九部影片。有人对着银幕开玩笑,这些玩笑对他来说就是一些外国话,没什么意义。他很认真地看电影,一双手安安静静的。

灯光重新亮起来后,我和坦在座位上没有动。其他人或是走出了帐篷,或是去了吧台。坦看着他的手。

"很过瘾,是不是?"我说。

"时间太短了。"

我没反应过来,三个小时的成人电影,还短?我笑了。

"我们只在一起生活了两年。"他看着我说,说完后脸上又重新挂上了轻松的笑容。他和我握握手,然后用越南语说了再见,就离开了。

这篇故事中很多设计都是错误的,所有内容都错了,写出来的并不是我想要表达的东西。"喂,美国人……"这种对话性的开头在小说里并不多见,因为缺少语境。整篇故事中的对话完全没有言外之意,也就是说,文字表面下没有任何深层含义，这一点非常重要。对话是人物对自我的大声抒发，能够带给读者一种瞬间感官体验。不好的对话提供的只是一般的信息、阐述或情感抒发，都是总结、概括、抽象话语和分析性的东西。因此，在写作时，一定不要让那些未经选择的、没有任何隐含意义的、直接就能看出来的东西出现在人物身上。这个故事中就包含了大段的分析和抽象性话语，很多时候为了省事甚至直接把笔记本上的内容搬了过来。

另外，故事也不是一个完整的有机体。虽然有母题，但文章的所有意象都与它没有关系。看向帐篷外、那些树、变成紫色，这些描述有什么意义？它们和故事里的感官没有任何联系。还记得不，我写过十二部很烂的戏剧，下面这些话就像是戏剧里的简短舞台说明（这也是我在写戏剧时失败的地方）：他在向外看，我在向外看，然后他又向外看，我再向外看，然后我们一起向外看。有共鸣吗？没有。

这里明显是直接记忆给我设置了陷阱。十八年后，我以这次事件为堆肥，提炼出了另外一篇故事《敞开怀抱》，这是一个好故事，因为里面包含了许多戏剧性反转。《沼海计划》就要差很多，因为故事和现实世界一模一样，主人公坦的生活动力是在南越，他觉得很舒服也很有归属感，但他的妻子和孩子最后却被南越的一名士兵杀死，他因此加入了越共，但最后又回到了他有归属感的南越。在《敞开怀抱》里，所有一切都反转了。他变成了越共的忠实信徒，他的妻子和孩子也是被越共杀死的，最后澳大利亚人的色情电影让读者看到，他其实并不属于这个地方，而且这个地方也无法给他带来归属感。我要把自己从直接记忆里拔出来，才能创作出《敞开怀抱》这个故事。

在《沼海计划》中，叙事者是一个被动观察者，就是"我"。我确定你们每个人至少都会遇到这样一个故事，如果没有也可以写一个。作为一个敏感的作者，你对生活中一个不寻常的人物产生了兴趣，这个人非常有意思，让你觉得他就是一个故事，然后你就坐下来开始写，把自己设置成一个被动的观察者，一直观察着主人公，是不是这样？但故事中缺少了什么呢？是欲望。《沼海计划》中那个敏感的美国人的欲望是什么？故事展示的只是一个非常敏感的美国年轻人，这当然不是欲望。叙事者的所有行为都正常，他遇到了一个有意思的人，他可以用越南语和他交流。越南人也正常，最后总算也回到了他所属于的地方，除了他的妻子和孩子死了。但这是有问题的，这一切都不是欲望，也就是说，故事中缺乏欲望动力。

我不管你们聪明不聪明，但希望你们知道，"头脑"是缺乏艺术表现力的。下面我要讲到的就是一个典型的例子。先强调一下，下面我提到的故事里发生的一切在现实生活中都不存在。在这个故事中，这个敏感的美国人用越南语问:"你为什么要参军?"坦转过身,他"脸上轻松的笑容消失了",他想逃避这个问题。"我们的政府变成强盗,从人民那儿偷东西,很腐败,很浪费,还喜欢镇压人民……"然后坦停了一会儿,显然希望这个话题到此为止。但叙事者又继续问:"就这些吗?"他逼着坦去谈论生命中的悲剧。

这么写真是太残忍了,这种残忍不仅仅关乎人,也涉及小说的写作技巧。作者想用自己的声音把这件事拉进故事中,让读者感受到坦的挣扎,看到坦是多么不想面对这件残忍的事情。但作者是怎么做的?就是让叙事者直接问他,而且在他含糊其词的时候,叙事者还要逼着他说。在真实生活中,谁都不会这么做,但写这个故事的时候,我完全忽略了这其中隐含的道德感,当然也没有意识到。直到我开始教创意写作,把这篇老故事翻出来后,我才意识到这个敏感的美国人做的事儿有多可恶。所以,这一切都是从"头脑"中产生的东西。作者一定要怜悯他们创造出的人物,即使我们要扮演上帝的角色,我们也必须做一个有爱心的、善良的上帝,但仅依靠"头脑",爱是不会产生的。

但在《敞开怀抱》里,越南人叙事者的欲望和故事就有机地统一了。他做了一件很恶心的事儿,而且他自己也意识到这事儿很可憎,当然作为作者的我也是这样想的。

故事中的叙事者早就知道了这个越南人的家人被害了,《沼海计划》的美国人叙事者也知道这一点,但他们都让这个越南人自己讲了出来,不同的是,《敞开怀抱》的越南叙事者提了一句"我觉得有些羞愧",而且提了两次。他知道自己在做一件很恶心的事儿,也很坦诚地承认了,这就给故事带来了张力。

大家的故事里肯定会有像《沼海计划》里这样的叙事者。许多小说里也会有残忍的人物和情节,但这篇故事里的残忍完全是偶然的,或者作者的本意只是为了描写一个情感丰富的叙事者,为了描述他在面对一个思念妻子的伤心人时的感受,而这也是他看了一下午色情电影后的收获,真是可悲。其实叙事者的迟钝也不是大问题,问题是故事的主人公对色情电影根本没有反应,没有领悟,这些电影对他似乎也没有造成任何伤害。读者无法清晰地感受到故事中的残忍,这里所描写的残忍只是浮在表面。

前面我提到过《敞开怀抱》的开篇,现在我再来详细地讲一讲。"我的心中没有仇恨,我几乎可以确定这一点。"如何在故事中设置读者可以领悟的戏剧性反讽?首先,说自己没有仇恨,这件事本身是一种过度的反抗;然后,再加上一个修饰词,比如这里的"几乎"。于是整句出来了:"我的心中没有仇恨,我几乎可以确定这一点。"这其实是一种自我怀疑,读者于是也开始怀疑他。"我为了祖国参加战争,因为时间太久,妻子被另外一个男人抢走了,这个男人还是一个瘸子。其实就算我活着,对她来说我也是一个死人,因为我离她太远了。但这男人的腿是先天性的,并不是因为战争变瘸的,这好像让我有点儿耿耿于怀。但无所谓了,我的祖国最终还是沦陷了⋯⋯"注意这里的"好像"和"我的祖国"。

读完之后,你很快就能感觉到,这个故事整体上想要表达一个人是如何在世上找寻自己的位置的。"但无所谓了,我的祖国最终还是沦陷了,我也离开了它⋯⋯"这里不是他的祖国沦陷了,而是他离开了它。他的妻子和妻子的情人在遭受折磨,这让他觉得很开心。然后他提到了这个陌生人,这个男人。

> 那个被最复杂情感折磨的人⋯⋯正是因为那个人,我有时才能够平静地盘腿坐下,去接受欲望带给我的痛苦折磨⋯⋯

现在我要对这个故事进行间接的、人为的分析。故事的叙事者认为他很清楚自己要讲一个什么故事,最终也接受了自己的命运,但事实上并不是这样。希望大家看出了故事结尾的反讽效果:"我很好,我有一台录像机,我有一份很好的工作,我的内心没有仇恨,一切都很好。"但其实不是这样,他已经迷失了,原因和主人公坦迷失的原因一样——后者意识到他已经没有国家了。这一点就是故事的叙事者想要回应的,虽然在故事结尾他说自己一切都好,但在内心深处,他是没有归属感的:"我现在住在美国路易斯安那州格雷特纳市的南玛丽波平斯路……"他的欲望当然是在这个世界上找到自己的位置。

另外,《敞开怀抱》完全没有参考过《沼海计划》。一九八八年,我马上要完成第六本小说《不分胜负》(*The Deuce*)。这本小说的叙事者是一个十六岁的西贡少年,他是混血儿,父母分别是美国人和越南人。他最终死在42号大街上,那时米奇还没有在越南流行。有一天艾伦·舍斯[1]给我打电话说,美国国家公共广播电台要开播一档新节目《写作之声》,需要一些原创的短篇小说,让著名演员在广播里读。他问我:"你要不要写一篇?你肯定行的。"挂掉电话后我在想,我在干什么?我可是写长篇小说的。况且那时我还觉得,很少有作家能够同时写好长篇小说和短篇小说。于是我就想找找以前的故事,看有没有可以用的。但它们都太烂了,比我想象中要差劲得多,所以我就把它们扔到了一边。

不过,准备《不分胜负》的一张卡片上写到一些发生

---

[1] 美国著名作家、编辑、美国国家公共广播电台书评人。

在越南的事儿，我本想把它们写进小说里，但最后没有。有一次，它自己从卡片堆里掉了出来，上边写的是一个喜欢抓蛐蛐、训蛐蛐和斗蛐蛐的越南男孩。看到它，突然就有一个声音从我的潜意识里冒了出来。这个声音讲的是一个越南父亲的故事，他住在美国路易斯安那州的莱克查尔斯，一个周日的下午，他觉得什么都很无聊，他的儿子也觉得很无聊，于是他就想让孩子从斗蛐蛐上感受到一点儿快乐。于是，我坐下来，用六个半小时把故事写了出来，故事看上去不错。

第二天早上起床后，我感觉潜意识中有二十多个声音在喊：是我，是我，是我。《奇山飘香》(*A Good Scent from a Strange Mountain*) 里的所有故事都是那个时刻浮现在我面前的。也就是说，当《敞开怀抱》来到我的潜意识中时，我并没有想到那个老故事，也没有引用那个笔记本上的内容，甚至都没有看那个笔记本。它是在某个时间点突然闯入了我的潜意识中。

现在说一下下周的作业。每个人准备一件生活中发生过的、已经给别人讲过的逸事。这里面不能带有任何思考，也不用把它们写出来。这些逸事不需要多深奥，就是零碎的生活琐事，比如洗澡、在路灯下坐着，也不用多有趣，多感人，多精彩，就和大家在喝咖啡时随便讲的事情一样，它们里面一定会有大量的总结、概括和分析，肯定是会有的，毕竟这些不是艺术。通过它们，我会了解到大家生活中的一个片段，然后通过一种特殊的练习帮助大家去回忆过去。

8. 个人逸事练习

> 朋友，如果这么问，你永远都不会知道。
>
> ——路易斯·阿姆斯特朗
>
> （当被问及爵士乐的定义时他如是说）

今晚有多少同学想认真参与练习？我们先找几位同学来讲一讲自己的个人逸事。大家尽快决定好，讲的时候要来到讲台上面向所有同学。没有上台讲的同学坐在座位上听也挺好。谁来？

举手就行。一、二、三、四，一共四位同学。

好，接下来就由这四位同学给大家分享各自的逸事，当成平时一边喝啤酒一边讲的东西就行。所有人讲完后，我会做点评。不来讲台上讲的同学注意，你们要重新组织编写这些逸事，在这个过程中不要盯着讲故事的人或我看，要进入恍惚如梦的状态,参与到重讲故事的人的瞬间体验中去,你可以盯着白纸,可以盯着大拇指,也可以闭上眼睛沉思,总之就是要集中精力,从讲述者的口中召唤出相应的意象,尤其不能错过故事开始的那些瞬间。

四位同学请注意,我会认真分析你们讲出来的每一句话,你们讲出来的必须都是纯粹的瞬时感官体验。如果不是,我会很温柔地告诉你们哪里偏离了,然后把你们拉回来。有时我可能会打断你们,让你们去确定一些事情,比如,闻到了什么?

坐在下面的同学们同样如此,在面对讲故事者的每个问题和每次偏离时,希望大家也要考虑同样的问题并做出同样的感官决定。如果没有做到,没关系,重新回头修改,然后继续就行。希望大家能全身心地投入到练习中去。

大家要完全沉浸在瞬时感官的叙述中,速度不能太快,也不能太慢,同时也不能使用抽象性、概括性和解释性的语言,有时候有些叙事声音可以包含这些,但今晚不行。另外,我会到这些叙述中去找细节,这些细节没有中心,因为今晚的练习不涉及欲望,下周的写作练习中就需要了。今晚的所有细节都没有重心,所以可以杂乱一些。

大家要明白,口述的东西和用笔写出来的东西是不一样的,虽然从表面上看它们可能有相似之处。今天晚上我们的目的很简单,就是让大家清楚文学小说的正常话语模式、重心和节奏,帮助大家打开感官记忆,进入无意识世界。如果你觉得无意识世界里出不来东西,也不要担心,只要坚持练下去就可以,这样至少能够感觉出来错误的地方,据我所知,许多做过这种练习的同学已经有了重大突破。今天晚上无论什么练习,都不会影响你们的分数,也不会有人去批评你们,这只是一个启发性的小练习。

我会问大家一些问题,但估计大家的直接记忆力没那么强大,我问什么你们就能记得什么,所以我不会问及具体的事件。这些逸事只是一个熟悉的起点,大家可以借此自由发挥创作。可以根据一件逸事的某个小片段去创作出一个事实。从这个意义上讲,如果大家记不清楚要讲的事情可能反而更好。我再强调一遍,大家的创作一定要出自感官记忆,而不是直接记忆,比如你在哪儿闻到了那个味道,或者十年前你听到了什么,等等。要收集生活中的感官印象,把它们在想象力的堆肥世界中打碎,然后再重新拾起,丢掉一些,再组合成新的想象世界。

谁第一个讲?桑德拉,很好,谢谢。

你们讲的时候我会做一些笔记,这些笔记与评分无关,我只是想把你们讲的记下来,再想看的时候还可以找到。

桑德拉:我忘记了那时候我有多大。有一天,我要穿过利物浦的一条街道去看望祖父。祖父开了一家理发店,具体地方我想不起来了,应该就在这条街的附近,但我总觉得要走很远才能到。到了理发店，他正在刮胡子。他用的是一把老式刮胡刀。看到我，他停了下来，我记得他好像对我说了一声"你好"。然后，他走到窗户前，从橱窗里拿起一副耳环。我不知道为什么他会卖耳环，但它们确实是在橱窗里，他把耳环拿出来递给我，我戴上，我很喜欢那副耳环。我的祖父真好。妈妈永远都不理解我为什么喜欢祖父，但我觉得这个时刻应该是我们之间关系的一个关键时刻。

罗伯特：讲得很好，这个小故事非常有用，里面有许多好素材可以改编。下一个谁来？

玛丽·简：我要讲的是父亲刚去世后的一天。哥哥和我一起开车到殡仪馆安排他的葬礼。走进殡仪馆大门，里面的陈设和电影里的老套情节很像：地板上铺着厚厚的地毯，窗上挂着厚厚的窗帘；屋里又黑又暗，空调开着，让人觉得冷飕飕的；丧礼主持人就是大家想象中的样子，有黑色的小胡子，穿着廉价的衣服。我们走进去，隔着桌子坐下，仔细查看列着葬礼各种安排的清单。父亲希望死后能火化，但我们当时都没意识到，火化之后还需要一个盒子。所以我们还要给他挑一个骨灰盒。于是，我们走进殡仪馆，准备把所有骨灰盒都看一遍。最后我们决定买最便宜的纸板骨灰盒，这让人觉得有点儿难为情，但我们看着对方，觉得如果我们选其他的，父亲肯定会杀了我们，因为他肯定不想花这笔钱。之后有很多事情都很古怪。比如，我们坐在那儿安排父亲葬礼的时候居然很想笑，因为这一切的安排都太老套了，但我们控制自己不要在他死后的第一天就笑出来。我还问："我们能用信用卡吗？"这么说的时候，我心里却在想，用信用卡买骨灰盒是不是很奇怪。还有，最后一件事情是有人要检查父亲的身体，虽然哥哥是军队的飞行员，长得高大壮实，但他却不肯去。那就只能我去了。我走进去，看到父亲被一张毯子包着，在房间的地上放着。我摸摸他的头，感到他冰冷冰冷的，我心里竟然在想："他肯定在冰箱里放了一夜。"这想法也挺奇怪。

罗伯特：谢谢玛丽·简。布朗迪，该你了？

布朗迪：三岁的时候，我有一次去了位于俄克拉何马州的布罗肯鲍的箭头州立公园玩。我和两个哥哥一起玩跷跷板，大哥坐在跷跷板的一头，二哥和我一起坐在另外一头。二哥患有"中间儿综合征"，很不喜欢我，后来终于生气要下去，但他没有意识到我的腿还在跷跷板的手柄上，所以他一下去，我就被弹到空中，然后掉下来摔断了腿。我最后拖着伤腿回了家。

罗伯特：谢谢，讲得很好。莱斯莉？

莱斯莉：我小时候住的房子周围全是干草田和山核桃园，秋天过半的时候，就是现在这个时间，我的堂兄盖恩斯会开着拖拉机割掉所有干草，然后把它们捆成捆儿，堆在山核桃园边上，堆成像大众汽车那么大的干草堆。我和哥哥喜欢爬到这些干草堆上，从一堆跳到另外一堆上，玩"山林之王"的游戏。这个游戏的目的是把对方从干草堆上推下去。我爬不上去，因为它们都很圆很大，如果不把手使劲伸进去，我都抓不住一根草，但是草堆太密实了，我的手又很难伸进去。所以，我只能找两堆挨得很近的，钻到它们中间的窄缝里，从侧边一点点向上爬。但哥哥总要把我拉下来，有时候摔在地上的时候会很疼。

罗伯特：谢谢莱斯莉。如果你们四个能认真地继续下面的练习，那我们这节课的目的就达到了。谁第一个来复述讲过的故事？就桑德拉吧。

所有人都要参与练习，真正进入桑德拉的无意识世界，看到故事发生的场景，甚至要比她还提前一些。

桑德拉，放松下来，清空脑子。不要太在意语言，不要担心语法，只要使用完整的叙述句就可以，让东西一直流出来，把脑袋里的电影用嘴巴清晰地、简单地展示出来就可以。

我们从你走进理发店的那一刻开始，把我们带到那儿，你要做的就是通过感官把那个瞬间表达出来。

桑德拉：我看到很多男人在我周围推来推去。

罗伯特：你在概括。"很多男人"是一种概括。想象一下，你迈出第一步，走进门，然后停住，站在屋里面。现在，你要像摄像机一样，把屋子里的东西扫一遍，从左到右，从上到下。告诉我们在那一瞬间你看到了什么。

桑德拉：几个男人在屋里坐着。

罗伯特：你又概括了。我们从屋里的一个地方开始。如果你想把整间房子描述下来，就不算概括，因为房子本身就是一幅充满细节的画。但我们不是画家，我们是写小说的人，我们要把细节一个个地讲出来，是不是？所以，现在走进去，看着某个地方，盯着它，让眼睛移动起来，移动起来，移动起来。

桑德拉：好的。我穿过那扇门。

罗伯特："我穿过那扇门"，这是一个总结，因为你没有提到门把手，没有提到门开的声音，没有提到理发店里和外面的空气交汇带来的感觉。懂吗？你忽略了太多瞬间的感官印象。我们现在找的就是瞬间的感官细节。好了，不要纠缠于门了，你已经走进去了，门在你身后已经关上了。你正处在刚刚走进理发店的第一个瞬间体验中。现在，让你的眼睛落在某个具体的东西上。

桑德拉：一个男人。

罗伯特：依然是一个总结。在这一瞬间，这个男人身上的第一个细节特征是什么？你的眼睛最先看到了什么，用你的眼睛把他代入进来。告诉我，第一眼看了这个男人的什么？

桑德拉：我看不太清楚。

罗伯特：那是因为你一直在回忆"直接记忆"中的那个他。现在，你要发明一个"他"，在你的心灵电影中、你的想象中，重塑一个感官事实。你要找到一个瞬间，想象你的手碰到铜制的门把手上，你的手心冰凉冰凉的。然后，你转动它，走进门里面，门嘎吱嘎吱地响，一个小铃铛在你的头顶叮当响起，有灰尘的味道，还有……

桑德拉：剃须膏的味道……

罗伯特：很好，继续。说说还有什么东西出现在空气中了？

桑德拉：刮胡刀按在带子上的声音……

罗伯特：好。带子的声音……什么声音？告诉我那个声音是什么样的。

桑德拉：很低沉的声音，像是敲击皮带的声音。

罗伯特：不错。还有其他的吗？其他从内心里跑出来的东西？

桑德拉：咳嗽声，说话声。

罗伯特：很好。但这么说还是有些概括。我们要听到具体的咳嗽声，多讲一些咳嗽的细节，还有谈话的片段，用叙述性的话说。

桑德拉：一个人在咳嗽。

罗伯特：这与单说咳嗽差别不大。再多讲讲。

桑德拉：是干咳。

罗伯特：咳嗽声从哪儿来的？

桑德拉：从那个人的嗓子里来的。

罗伯特：好。听到他说了什么吗？

桑德拉：我其实听到了祖父的声音。

罗伯特：你又总结了，是不是？他说了什么？

桑德拉：他在说狗。

罗伯特：这是总结，你要跳进他们谈话的中心，让我听到他说的话。

桑德拉：希拉是只漂亮的母狗。

罗伯特：不错，很好。

桑德拉：是希拉。

罗伯特：好的。现在，让你的祖父看着你的方向，告诉我，你看到了什么，你是怎么看着他的，你看到他在做什么？

桑德拉：他的手里拿着刮胡刀。

罗伯特：这又是概括。如果必须要讲这个，就要说一说他是怎么拿着的。把所有细节都说出来。

桑德拉：刮胡刀的刀刃朝外，他的食指托着刀刃的背部，让它保持平衡，他拿刀的动作很温柔。他是个大个子，手也很大，但拿刮胡刀的动作却很轻柔、很优美。

罗伯特：很好。但是，"轻柔、优美"都是抽象词。告诉我，在那一瞬间，通过感官体验，你看到了什么让你觉得他的动作很优美。

桑德拉：是很轻。好像是手的形状。

罗伯特：什么样的形状？他的指头是什么样子的？

桑德拉：食指露在外面，在刀片的前面。

罗伯特：小手指呢？

桑德拉：托着刮胡刀的尾端。

罗伯特：让他的脸面对你。让我们看看那个瞬间他的脸。

桑德拉：他看到我一点儿都不吃惊。

罗伯特：好，你刚刚分析了他的脸。他一点儿都不吃惊。我们不想看到一个"一点儿都不"，我们会看到什么？

桑德拉：他看着我，好像正在期待我来。

罗伯特：你又分析了。你在他脸上看到什么了？那个小女孩可能正在分析他脸上的表情，但他脸上有什么让你做出了这样的结论？这才是我们想要的东西。

桑德拉：那不是抽象词吗？

罗伯特：是抽象词。你刚刚提到过刮胡刀在带子上的敲击，这证明你的感官记忆很不错，然后你又提到"希拉是只漂亮的母狗"，这是从他嘴里说出的第一句话。这些都很好，都是很精彩的瞬间。现在你要做的就是把同样的方法用到对他脸部的描写上。

桑德拉：他好像正在盯着我，脸上很平静，而且几乎没有什么变化。

罗伯特：好的。与什么比没有变化？

桑德拉：与我想象中的比……

罗伯特：好。你提出了一个问题。你盯着他脸上的哪个部位看？集中看一个部位。

桑德拉：眼睛。

罗伯特：讲一讲他的眼睛。

桑德拉：他在盯着我看。

罗伯特："盯"也是一个概括的词，对不对？盯着人看的眼睛有很多种，他的眼睛是什么样的？看着他的眼睛，让我们看到它具体的样子。

桑德拉：它是蓝色的。

罗伯特：什么样的蓝色？

桑德拉：就是像钢铁一样的那种蓝灰色。

罗伯特：你闻到什么没有？

桑德拉：烟的味道。

罗伯特：感觉像什么？烟有很多种，你闻到的烟是什么味道？

桑德拉：我觉得闻起来让我想到了男人。

罗伯特：好，又是一种概括。香烟味道的调制方法有很多种，它们会以各种各样的方式来到你身边。因此，让我们闻一闻你说的这个味道是什么。

桑德拉：闻起来很甜，很模糊。

罗伯特：甜和模糊。很好。你身体的哪个部位意识到这些的，它对你的身体有什么影响？

桑德拉：是胃。我闻到之后，它好像直接钻入了我的身体里。

罗伯特：很好！谢谢桑德拉。（鼓掌声、笑声）我知道这样的练习很难，但这才是文学创作。在每一个瞬间，对每一个感官体验，都必须这样要求自己。任何时候，不论写什么小说，这就是标准的文学语言。但只有一种情况是例外的，就是某个"有机体"要求这种话语模式变换为其他话语模式，而且这种要求还要发自某个梦境的深处，要与你产生共鸣。也就是说，要努力让瞬间的感官流成为你们文学作品中的正常话语模式。所有的细节都要完整，还要让欲望成为细节的重心和动力，但现在大家都没有做到。同学们，这看起来好像很难。但如果连这一点都做不到，那大家又怎么能做到自由创作？如果你的选择被所有其他已经固定的细节限制住了，你该怎么做？既然大家交了学费，来到这所大学，想要成为一名艺术家，你们就要承受这一切，就要做到这些。

罗伯特：下一位同学是玛丽·简。那么现在，包括玛丽·简在内的所有同学，请尽快进入你们的无意识空间。

我先带领大家走到靠近房间的走廊里，从这里你们可以看到她的父亲。玛丽，先把自己带到这儿，然后通过感官，把我也带到走廊里，去靠近你的父亲。（玛丽没有反应）好吧，那就直接进屋吧。打开房间的门，把自己放进房间里。

玛丽·简：我站在门内，看向房间里，里面一片漆黑。

罗伯特：有些地方是在做总结。现在，把你放在门里面，想象你自己是照相机的镜头。先看最左边，因为那里有声音，它吸引了你的注意力；或者是一束光线，你看了一会儿，然后立刻转回去看你的父亲。

玛丽·简：房间很像一个洞穴。

罗伯特：好，明白什么问题了吗？我们要看到一些东西，如果你想让房间亮一些，也可以。现在，最后再走一步，让我看到走的动作，然后再停下来，让眼睛落在某个东西上。

玛丽·简：我走进房间，感觉哥哥就跟在我后面。

罗伯特：他是怎么站的？现在咱们这么做：把你放进门里面。稍微停一下，你钻入你的身体，告诉我，你怎么知道哥哥就在你后面？你是怎么感觉到他的？从哪里感觉到的？

玛丽·简：通过肩膀感觉到的。（她笑了）

罗伯特：什么样的感觉？

玛丽·简：可能是闻到了？

罗伯特：很可能。现在回到你的身体里，稍微停一下，不需要很快就说出来。回到你的身体里，站在门口，如果房间很暗，告诉我，你身体的哪个部分感受到了黑暗。

玛丽·简：胸腔正中央。

罗伯特：那哪个部分感受到了哥哥？稍微等一等再回答。

玛丽·简：肩膀后面。

罗伯特：好。具体是肩膀的哪个部位？你的肩膀上有什么感觉？

玛丽·简：感觉很温暖。

罗伯特：真的吗？你的肩膀是裸露的吗？

玛丽·简：那是三月。

罗伯特：不要试着去回忆，好吗？你要努力去创造，去想象。

玛丽·简：好的。因为我穿着一件背心裙，前面感觉很冷。但有一片地方感觉很温暖。

罗伯特：很好。现在来看你的父亲。

玛丽·简：房间里有一个光斑，很像……

罗伯特：光斑在哪儿？在提到光斑前，要先交代地方。

玛丽·简：它很明亮，笼罩在父亲的头上，照亮了他躺着的棺材。

罗伯特：你开始总结了。这个光斑是从哪儿来的，又从哪儿照到了哪儿？比如从地点 A 照到地点 B，那么在 B 这儿，你具体看到了什么？用几句话告诉我答案。

玛丽·简：你是问它从哪儿来的？

罗伯特：我只是想让你看着它，然后告诉我你看到了什么，因为你肯定能感觉到光的移动，是不是？确实是有光源，肯定有一个地方会发出光，我想让你的眼睛先去看上面比较亮的地方，然后跟着光线去看。

玛丽·简：就在他的脸上。他的脸是一种奇怪的烟灰色，他脸的形状不……他的下巴扭曲了，他的嘴巴跟平常不太一样。

罗伯特：下巴扭曲，这是一种分析。它是怎样扭曲的？

玛丽·简：他的下巴和嘴扭曲，看起来好像是有人握住他的下巴，把它推了上去。

罗伯特：好。在这里要有一个瞬间回忆。你看到这张脸后，瞬间想到了什么，也就是有关这张脸的瞬间记忆。

玛丽·简：嗯，他死的那一刻，他的下巴垂下来了。

罗伯特：你在总结。进入殡仪馆之前你对这张脸有什么特别的、瞬间的、具体的感官体验？在另外某个瞬间，你对这张脸又有什么具体的瞬间感官体验？描述一下这两种不同的感官体验。我知道这很难，尤其是对你们来说，很多时候我们想要得到的感官体验都在为难我们，它们总是这样,即使我们感觉对的时候也是如此。所以,我们试着重新走回去,把无意识世界清空,再来一遍。先想一想你在殡仪馆时看到的父亲的脸,再想一想他死之前的脸。不要再想之前你讲的那些了,重新观察,就像亲身经历一样。我想在同一感官流中得到两张不同的脸。

玛丽·简:看起来像是有人抓住了他的下巴、嘴巴和鼻子,把它们塞进了一个面具里。他死的时候,我感觉他的脸很柔软。

罗伯特:哪里柔软?

玛丽·简:下巴很有弹性,还可以动……

罗伯特:你在分析和总结。你只需要看着他的脸,就看着他死之前的眼睛吧,盯着他的眼睛看。

玛丽·简:他的眼睛几乎要合上了。眼珠动了动,里面似乎有一汪水。

罗伯特:现在看着他的嘴巴。他的嘴巴在做什么?

玛丽·简:他的嘴巴半开着。

罗伯特:半开着?什么意思?

玛丽·简:就是只张开了一半。

罗伯特:看到他的牙齿、舌头了吗?你看到了什么?

玛丽·简:我看到了他的舌头,还可以看到他的下牙齿。

罗伯特:它们是什么样的?

玛丽·简：它们是黄色的。

罗伯特：什么样的黄色？

玛丽·简：很像旧钢琴的键。

罗伯特：你闻到了什么？

玛丽·简：让房间闻起来很清新的东西。

罗伯特：好，具体是什么？

玛丽·简：花。

罗伯特：花，什么花？

玛丽·简：好像是茉莉，正在开着。

罗伯特：我不能接受这个，这样做只是想让房间里的空气闻起来像茉莉花的味道。事实上是什么味道？

玛丽·简：其实，这是闻起来像茉莉花香的房间清新剂，它没有盖住……

罗伯特：不需要去分析。直接说出来茉莉花香掩盖下的味道……

玛丽·简：汗臭味和浓烈的尿臭味。

罗伯特：很好，很不错。谢谢玛丽·简同学。

专心地描述像嘴巴和味道这样的细节真的很难，这些细节确实能够提供许多好素材，但写作者也很容易被它们吓住。你们很快就会意识到这样做有多难，这些细节对你们的要求有多高。面对这些压力，大家一定要强迫自己去主动描述。你们现在是不是在想："啊，已经够好了吧，难道这样还不行？看来还是要再上一个层次才行。"完了，想到这里，你们也就崩溃了。

但这就是想要成为作家的人要走的路。珍妮特和我每天都在这些细节中挣扎。我们努力把想要分析的念头打败，把技巧打败。如果失败，我们同样会感到恐慌。所以，要学会不理会这些困难，学会放松自己。

但是话说回来，即使没有与这样复杂的情感作斗争，一切也是很难的，是不是？在某个瞬间去穿过某个空间，这真的很难，但这又是必需的，我希望你们能相信我说的话。现在请布朗迪同学来，你想不想来？现在，把你自己放到跷跷板上去。一切会好起来的，让我们玩一玩上上下下的游戏。能在一瞬间完成吗？

布朗迪：跷跷板向下的时候，风把我的头发吹了起来，我觉得脖子后面热热的。

罗伯特：现在，先让跷跷板在上面。动作慢下来。现在，你要下来了。我们就从这里开始。把我们放在跷跷板的位置上，和你坐在一起，然后带着我们下去。对了，你在跷跷板的哪儿坐着呢？

布朗迪：我的腿直向前伸着。我的屁股下是硬邦邦的木头座位，油漆很光滑，坐在上面，我几乎都要滑下来了。

罗伯特：你身体的哪个部位这么觉得的？

布朗迪：我的大腿后边压住了剥落的木屑，我感觉侧面有个小扶手,我抓着它。

　　罗伯特:把你的手放在扶手上,有什么感觉?

　　布朗迪:热乎乎的金属,上面被磨得很光滑。

　　罗伯特:现在往边上瞟一眼,看到什么了?

　　布朗迪:我的右边有一些树。

　　罗伯特:这是总结。看着那些树,往右边看,你看到什么了?

　　布朗迪:树叶是棕色的,硬邦邦的,但很茂盛,我看不到枝干。

　　罗伯特:这是你看不到的。你还没有说出来树的具体形状。你现在是个小女孩,坐在一个跷跷板上,跷跷板正在上面,这时你很喜欢看周围的景色,因为平时你不会在这么高的地方。有一棵树,现在,让我通过你的眼睛看看这棵树是什么样的。

　　布朗迪:我首先看到的是树叶。

　　罗伯特:这是概括。我很怀疑你第一眼能不能看到树叶,除非这个树和你的胳膊一样高。什么树?

　　布朗迪:一棵橡树。

　　罗伯特:很好,橡树。这就是一个浓缩的细节。橡树的枝丫是什么样的?看到橡树,第一眼肯定不会先注意它的树叶,对不对?

　　布朗迪:是有很多疙瘩的枝丫?

罗伯特：你看着这棵树，给我们描述一下它。感觉现在你有点儿慌乱。放松，其实很简单。想象一棵你见过的最壮观的橡树，让它长在你的右边。你从跷跷板上起来了，大腿被木屑硌得有点儿疼，握着铁扶手的双手感觉热乎乎的。你抬起头，向右看，看到了什么？（一片安静）好吧，先放弃这棵树。现在你向下看你的哥哥，你在跷跷板的最高点，让我们通过你的眼睛去看你的哥哥。

布朗迪：他有着密实的棕色头发，他的嘴巴张着。

罗伯特：嘴巴是什么样的？

布朗迪：就好像要大喊大叫一样。好像要深吸一口气。

罗伯特：他的眼睛里有什么？他的眼睛像什么？

布朗迪：眼睛是棕色的，瞪得大大的，他看起来很兴奋。

罗伯特："兴奋"是一个抽象词。他弯着腿，推了你一把，你开始向下掉。告诉我此时你的感受。

布朗迪：我的心跳到了嗓子眼，觉得有一刻要从座位上飞起来了。

罗伯特：这是总结。让我们一起和你感受一下。你其实就要飞起来了，对不对？那么，飞起来的感觉是什么？你身体的哪个部分感受到你要飞起来了？

布朗迪：我的腿离开了跷跷板。

罗伯特：很好。

布朗迪：而且越来越冷，好像有气体。

罗伯特：也就是说，你的大腿在离开跷跷板的时候突然感到一股凉意，对不对？没有疼痛，而是空气，对不对？你身体还有哪些地方感觉到了？

布朗迪：我的双手也被扯开了。我松开了把手，张开手指。

罗伯特：你闻到了什么？有没有闻到汗水的味道？

布朗迪：有。

罗伯特：还有什么？

布朗迪：一种金属的味道。

罗伯特：听到了什么？耳朵里有什么声音？

布朗迪：像是风或是喘息的声音，或是……

罗伯特：好的，谢谢你，布朗迪。我们没有和严肃的情感作斗争，但是不是也很难？但这样练习真的是有好处的。莱斯莉，现在该你进场了，你要跟着自己的哥哥走进去。告诉我们那个瞬间的事情。

莱斯莉：我想先说一下，我哥哥叫"王子"，因为他的姓是普林斯（Prince）。

罗伯特：好吧，你哥哥的正式名字是"王子"。（笑声）或者大家都叫他"王子"。随便说一说你在靠近草堆时想做的事情。

莱斯莉：草堆很深，湿漉漉的，里面还有很多草种。

王子的头仰着，胳膊朝天上举着，天空一片白，带些红色和黑色，看起来他和远处的山融在了一起。

罗伯特：他是怎么移动的？

莱斯莉：那一排排干草堆就是一排排站在天空下的动物。王子在草中间走着，双臂平伸出去，就好像他是在很深的水里走一样。

罗伯特：在那一刻，你最注意你身体的哪个部位？

莱斯莉：高高的草堆弄湿了我的腿和短裤，寒意从腹部升起，就像被抽绳拉着的纽扣一样，从骶骨往上直入胸腔，我开始颤抖。

罗伯特：哪里开始颤抖？

莱斯莉：我把胳膊缩到T恤的袖子里，抱在胸前，跳过草堆去追哥哥。

罗伯特：这是瞬间记忆。

莱斯莉：但是他跑得太快了。在黑暗中，我想如果自己追上他，抓住他的T恤，那会不会有什么可怕的事情发生。

罗伯特：这里的分析太多了。"可怕"是一个抽象词。你颤抖着，试图追上哥哥，然后看到他在你的前面。这个场景很形象，干草堆像是动物。就像这样继续描述下一个具体的瞬间。这是很久之前发生的事儿了，是你无意识里的东西。

莱斯莉：我看到草堆远处的山丘顶上有一只小狗。

罗伯特：不要总结，好吗？描述你刚看到小狗的那个瞬间。

莱斯莉：在一个草窝里，它好像把那儿当成了床，身体扭动着，它的腿折了，苍蝇嗡嗡地在它的耳朵和眼睛周围飞……

罗伯特：再注意一下它的腿。刚刚你在给我们分析它的腿。我要和你一起看那条腿。就在你觉得它的腿折了的那一刻，我想看一看。

莱斯莉：橘黄色的毛皮那儿有一个很深的、红色的洞，小狗……

罗伯特：不要分析，可以了。在这一刻，你感觉到了身体的哪个部位？

莱斯莉：我重重地呼了口气，跌跌撞撞地往回跑，小狗不见了。

罗伯特：把这个情景与父母亲联系起来。

莱斯莉：母亲的眼睛像鱼眼睛一样，漆黑漆黑的，泪水从里面流了出来，她脸上有了很明显的泪痕。

罗伯特：你呢？你在哪儿？看看周围，从母亲的脸出发，看点儿什么东西。

莱斯莉：我们听到后门附近腐烂的松树堆里有一只猫在哭。母亲走下水泥台阶，伸手拿起一根白色的木棍，她的姿态看起来让我觉得她只要一动，木棍就会折断一样。

罗伯特：还是带了分析。描述她的身体和身体语言，通过这些写出她的恐惧。告诉我，你是怎样感觉到这一点的？

莱斯莉：她弯下腰，在台阶边上晃了晃身体，用食指摸了摸棍子粗糙的一角，想看看它能否在草堆里保持平衡。

罗伯特：这个时刻你能感受到身体的哪个部位？

莱斯莉：我的脚好像离我很远，好像我长高了，而且它还变重了。

罗伯特：再去听听那只小猫，让它的声音更清晰一些，范围更广一些。

莱斯莉：肋骨里好像发出了一些声音，就是几根肋骨，好像有一个很小的撕裂声，好像永远都治愈不了了。

罗伯特：现在能感受到身体的哪个部位？

莱斯莉：好像我吞下了一个尖东西，我使劲地吞咽，吞咽，但这东西就是下不去。

罗伯特：回到你的哥哥。他做了一些事情，让我们看看他做了什么不一样的事情。

莱斯莉：王子冲进干草堆，把脚从草堆中心拔出来，跳到另外一个上面。他的手臂伸开，细小的发丝在他的头边呢喃。他的每个指头都像羽毛一样，他好像要跑到天上去。

罗伯特：让他转过来，然后面对你，注意看他的脸部。

莱斯莉：天色太暗了，我看不清楚他的脸，落日红彤彤地映照着他的脸。

罗伯特：红得像什么？（长久的安静）重新组织一下，红得像什么？

莱斯莉：像污水坑里的鲜血。

罗伯特：好的，谢谢你，莱斯莉。

非常好，谢谢你，莱斯莉。这就是我想要的，是我的目标完成得最好的一次。（笑声）如果今晚觉得自己做得不太好，不要气馁，这个过程真的是很难。至少大家已经意识到了这一点。这就是一种基本的写作技能，大家一定要掌握好瞬间感官的描述能力。其实与写作要求的其他能力相比，我问的这些问题（适用于所有地方）已经简单多了。你们要记住，在写作中一定要把人物从一个地方带到另外一个地方，人物必须有瞬间的体验，必须要盯着某张脸，看到某些东西。不要去分析，不能用抽象词。要进入人物的感官世界，要把人物和他们之外的所有东西联系在一起，要进入某个瞬间。今天晚上我们做的工作很大程度上还是间接的、人为的欣赏，如果这种方法不管用，就别管它，只要能够打通你自己、无意识世界和电脑之间的通路就行。在这个过程中一定会犯错，但没关系，这是向目标前进的路上必然会遇到的事情。

我相信，在座的每一个人都有很精彩的生命瞬间，不可能有人没有经历过这样的瞬间。我希望大家在创作、整合材料的时候，要去深刻体会这个瞬间所感受到的东西。

9. 写作练习

> 必须利用好周围那些你听不到的声音。
>
> ——乔治·C. 沃尔夫

今天晚上，我们要把上周大家讲的逸事写出来。注意，写作过程中只能描写瞬间的感官经历。这个写作训练分七步。我会先告诉你们第一步怎么写，然后大家就开始写。写完之后，我再告诉你们第二步，你们再接着写。接下来是第三步、第四步，直到全部完成这七步。在这个过程中，请大家一定要跟着我的步骤来，不能随意越过任何步骤。如果我开始了下个步骤，而你还没有完成上一个，就先把我的要求写在空白处，然后继续进行原来那一步，要快点儿写，尽快进入新的步骤。

不能跳过任何步骤，一定要按照每个步骤的说明完成之后再继续下一个。我再强调一遍：不能有抽象、概括、总结、分析和解释性的内容。必须强迫自己通过瞬间的感官体验去写。不要过于纠结文章的文体或某个词，跟着感觉往前流动、流动、流动，不要思考，不要思考！只需要感官、感官、感官。如果你严格按照我说的这样做，你会发现自己会在无意识的房间里一直流动下去，至少能流进大厅里。

我希望大家以第一人称的角度展开叙事。

提到作品中的人物，我想强调一点。如果人物和你的关系很密切，你可以从他的角度去写，但我不建议你们这么做，因为如果你自己很想成为这样的人，这个写作就失去了意义。如果人物和你没有一点儿关系，我建议你创造一个在人口统计学方面和你相似的人物，也就是说，他和你在年龄、性别、种族等方面要相似，但这个人不是你，你不是在写自传。不过，如果你心里有一个特别想要描写的人物，就可以不必这么做。

如果你完成某个步骤后，我还没有进入下一步，千万不能回头去修改或重写，你就停下来，把笔放在桌子上，进入冥想状态就可以。如果看到许多人都放下了笔，我会继续下一步。会提前完成某个步骤，可能是你没有在这个步骤上给够"瞬间感官注意力"，那在下一个步骤的时候就要注意了。

写完后，请大家合上笔记本，拿上笔，离开教室。如果只有少数同学离开，余下的同学就要把作业带回家去写。但如果大家抓紧时间，我相信在一个半小时内大家都能够完成这个练习。

现在开始。下面是第一步。

（编者语：下面是写作练习的七个步骤，后面是当晚的三份学生习作。）

七个步骤：

1. 你突然醒过来，但时间不是在早晨，你也不在床上，而是在家里的某个房间里。房间里堆满了物品。你大口喘气，因为刚刚的梦而感到焦虑恐慌，但你怎么也记不起来这个梦。然后你环顾四周，所有的东西似乎都被一种说不清楚的焦虑感笼罩着。描写你看到的房间，一定要是纯粹的感官体验。

2. 某个物体突然吸引了你的注意力，它和你的焦虑恐慌有很大关系。向那个物体走过去，触摸它，用感官去体验它。

3. 这个东西引出你的一段记忆，记忆的内容很清晰，很像一个梦境，但不是你刚刚睡梦中的东西，而是一段真实的记忆，在这段记忆中，你很强烈地渴望得到某种东西，就是简单的一个物品、一个手势、一个抚摸等。注意体会这种渴望带给你的瞬间的、具体的欲望记忆，它其实代表了你内心深处的某种欲望。但此时不要去管这个欲望，只要通过感官去描写那个东西。

4. 在上个步骤的记忆中引入第二段记忆，这段记忆包含另外一个物体，它与上个步骤里的东西完全不同，但感官体验却很相似。这段记忆与第一段记忆有很深的联系，会让你感觉震惊，而其中包含的欲望也会更加深入你的内心，它是一种存在状态，一种很自我的状态，不要给它贴标签，要通过感官体验把它描述出来。

5. 在第二段记忆中加入一个动作，这个动作的动力是人物的欲望，它的发生是瞬间的。

6. 上个步骤里的那个动作带你回到现在，让你感觉到第二个步骤中那个物体的存在，然后重新去感受这个物体。此时，因为前面两段有联系的记忆里包含着情感和欲望，这次的感官体验发生了变化。

7. 回到现在，在以上一切的基础上行动。

学生练习示例:

磁　扣　丽塔·梅·里斯

一张绿色富美家桌子上面有一团污渍。我趴在桌子上,左边嘴角浸在一汪温暖的口水中。我是怎么醒过来的?我怎么会在这儿睡着?厨房窗户外,黑暗在蹲伏着。挂在水池上方的荧光灯嗡嗡响着,除此之外,再没其他声音。水池里堆满了脏盘子。有一个白色的圆形钟表,指针指在五点十六分,它的电池几周前已经用完了。我看看微波炉,它没有工作。我浑身是汗,嘴里的感觉很恐怖,就好像喝过汽油似的。我推开椅子,看到了一封信,睡着前我把它推到了桌子的另外一边。信纸是白色的,一排排黑色字迹从折痕处向上延伸,很像一个已经很累却不愿意睡觉的孩子。

我没有理会它。地上的油毡黏糊糊的,难道我弄洒了什么?打开冰箱的门,屋里的灯已经够亮了,但冰箱里的灯更亮。我的心怦怦地跳着,眼前闪现出这个画面:有个东西从我的脖子后面蜿蜒滑动,穿过我的喉咙,在喉头那儿停下来。我的脑袋挣扎着,想看得更清楚一些,但却只是一些梦境似的碎片,非常模糊,让人厌恶。我盯着一盒牛奶看了一会儿,又盯着一盒剩菜看了一会儿,然后是一小罐辣根。刚刚做了什么梦?好像错过了很重要的东西,是一辆回家的公共汽车？还是爱人的最后一个电话？是我刚刚梦到的吗？

我抓起那盒牛奶，它从我的手中滑落，里面的牛奶如白色幽灵一样洒在腿上，洒在脏兮兮的黄色油毡上。我咬着嘴唇，我不想哭，我关上冰箱门，可能是太用力了，门上的画和固定它的磁扣被震了下来。画是吉尔画的，上面是我和萨姆。画飘进了牛奶里。我蹲下来，用裙子吸干它上面的奶渍，把它放在桌子上。

牛奶盒里还有一点儿牛奶，我把它拾起来放进冰箱，然后用纸巾把地上的牛奶擦掉。站起身往垃圾桶走的时候，我的脚碰到了一个冷冷硬硬的东西——是掉下来的磁扣。我把它捡起来，没有放回原位，而是用手握着它。邻居的狗叫了两声，我抬起头想听一听，但屋子里一片寂静。磁扣这种古老的情人节礼物很有二十世纪五十年代的乡土风格。我看着手中的磁扣，它上面有一个厚厚的铁片，上面贴着一个橘子笑脸，好像在说："橘子，你是我的了，是不是很开心？情人节礼物？"

萨姆曾经对磁扣很痴迷，她把手边的东西都做成了一堆堆的磁扣，像老邮票、明信片、卡片、画等。那时她正和黛安娜在一起，我记得经常看到她们在厨房里忙。黛安娜刷盘子的时候，萨姆就靠在她身上，那个姿势看起来让我觉得自己背上好像赤裸裸的，一阵阵发凉。我经常想，如果萨姆热热的嘴唇放在我脖子上,一边嘻嘻笑着自嘲,一边朝我皮肤上吹气,会是什么感觉。我会在客厅里假装看书架上的书。书架占了屋子大概四五平方米的地方,里面的书很不错,有狐火丛书,有玛丽昂·齐默·布拉德利[1]的整套书,还有一些高级平装书。我想问黛安娜要不要帮萨姆一起洗碗洗盘子,这顿饭是她们专门为我做的,我那时是一个单身女人,刚和她们认识没多久。黛安娜在工作中表现很完美,我承认心里希望她在家里能不那么完美,但事实上她太糟糕了。她的女朋友萨姆漂亮帅气,有橄榄色的皮肤和鹰钩鼻,一双眼睛会紧紧盯着人看。我们互相介绍的时候,她重复了一遍我的名字,还问我觉得圣彼得堡如何。我磕磕巴巴地回答她,她就那么盯着我,然后不断更正我说的话。我躲开她的眼睛,向下面看,看到她的嘴巴很漂亮,上面还带着得意的笑容,左边嘴角有一条小小的笑纹。那一刻,我很想吻她,但我告诉自己,我是因为太久没有女朋友了才这样的。

手心的磁扣方头方脑,沉甸甸的,我感觉着它的重量,觉得刚刚好。萨姆有一张她母亲的照片,也是唯一的一张。她母亲和她一样,左边嘴角有一条笑纹。萨姆从黛安娜的家里搬出去后,有一次我去她家看她。房间里家具很少,

---

[1] 美国著名奇幻和科幻作家、编辑,代表作有《阿瓦隆迷雾》等。

只有一把摇椅、一张桌子、几把椅子、一个梳妆台、一张床和一个立体音响,还有一排书架。她的书都装在箱子里,放在前门靠墙的地方。她的梳妆台上放着一张黛安娜的照片(每次看到它我都很伤心,但我从来没有要求萨姆把它拿走),还有一张她母亲的小照片,嵌在一个铁制相框里。我记得萨姆在厨房里做饭的时候,我拿起照片看了看。当时我去了卫生间,看到她的卧室门开着,就走了进去。卧室的简单让我吃了一惊,床还没有整理好,地板倒是干净,墙上光秃秃的,梳妆台上只放着两张照片。我拿起她母亲的照片,弯起手掌托住它,把它放在脸旁,想闻闻是什么味道。"那是我妈妈。"一个声音从肩膀后传过来,我的身体颤抖了一下,把照片放回原位,却把黛安娜的照片碰倒了。萨姆从我身旁伸过手,抓住了它。

"对不起。"我嘟哝着说,脸上滚烫。

她什么都没说。

"她很漂亮。"我又说。萨姆点点头,把照片放回了原位。那一刻,我真怕她会再把黛安娜的照片拿起来,我受不了,我想我得离开了,虽然我非常想要留下来。我笑着说:"她很像你。"我想让她感觉到我的恶意。

"真的吗?"萨姆皱了皱鼻头,伸长脖颈说。她在调戏我吗?

"我是说你们的嘴。"我胡乱说道。

她笑了，很快地低下头。

"你们的嘴长得很像。"我继续说。

"谢谢。"她说完盯着我看，好像我马上要晕过去了。但事实上我真的想晕过去。"想喝点儿酒吗？我找你就是想和你一起喝点儿酒。"

"抱歉，黛安娜的事儿我很抱歉。我总是把事情弄得一团糟，我得走了。"

"迪伊，你想要什么？"

我无助地笑了笑，看向她母亲的照片，希望里面的人能指导我回答这个问题。萨姆向我走了一步，我们中间只有三十厘米的距离，我闻到了她身上薰衣草香皂的味道，闻到了除臭剂的味道，还有像松树一样清新的味道，甚至还闻到了她嘴上小蜜缇唇膏的味道。

"我想和你在一起。"我说，这不是一种委婉的说法，我确实想和她一起做爱，想和她一起睡觉，想和她一起在清晨醒来，我也真的想和她静静地坐在一起。她静静地坐在我身边，这间屋子里只有我们两个人，只需要有我们两个人。

"为什么？"她问道。我笑了。谈到性的时候，"为什么"永远都不是一个好问题。"怎么做"可能会是个好问题；"什么时候"绝对是个好问题；"在哪里"可能会真是一个问题；如果你知道去哪儿买东西，而且也不害羞，那么问"做什么"都比"为什么"好。但"为什么"真的很难回答。

"你的意思是不行？"

她拉着我的手，带着我向厨房走过去，厨房里有浓烈的调料和大蒜的味道，要比其他房间暖和许多。她一只手往柜台上的两个玻璃杯里倒酒，一只手还拉着我的手。"吃饭的时候，你得告诉我为什么。"她说，然后朝我举起酒杯。

我坐在桌子边，感觉很口渴，手里的"橘子笑脸"磁扣不凉了。我紧紧地握着它，指头上都被它压出了凹痕。磁扣已经褪了色，像是掺了太多水的果珍，上面的笑脸对我龇牙咧嘴地笑着，好像我们都知道了什么令人尴尬的秘密。"橘子，你是我的了，是不是很开心？"我听到前门开了，萨姆回家了。记忆里那句"为什么"还在我的脑子里回响。

我拾起萨姆的女儿吉尔为我们画的画儿，她把萨姆脸上的笑纹也画了出来，与她本人非常像。我把它粘到冰箱门上，拿起那封信，把它团成纸球，塞到了刚刚擦牛奶的纸巾下面。我沿着楼梯走到卧室里，萨姆已经脱了衣服，躺在了床上。

石 头　克里斯蒂·格兰姆斯

　　我又在沙发床上睡着了。醒来的时候，我飞快地看了一眼电视，它静悄悄的，真不知道是什么把我吵醒了。我的胸很疼，好像肌肉紧紧绷在了上面。地上阴影里躺着脏兮兮的地毯，我看到上面有玉米圆饼屑，应该是我懒洋洋地擦桌子时掉到地毯上的。我的背和肌肉非常疼。我的小腿一动不动，很僵硬，肌肉紧绷着，好像随时准备去攻击别人或逃跑。我闻到了一股淡淡的家具油漆味儿，奇怪的是，我竟然感觉这种味道与这间早已被遗忘的、满是灰尘的公寓很相配。我扭头，摸了摸脸上的褶皱，然后动了动下巴，慢慢张开嘴巴，让肌肉放松。我看了一眼书架上的钟表，刚好四点。奥普拉正在书架上对着一位客人微笑。咖啡桌上有一只大理石小猫，它蹲在阴影里，绿色眼球在紫色的眼眶中滴溜溜地转，好像正在对我笑。它是一个男人送给我的最后的礼物。别误会，他不是我的恋人，这个人已经结婚，而且有三个孩子。他还亲口给我讲过，他的妻子在答应和他谈恋爱前，他天天给她送花。我离开他时，他把这只石头猫作为礼物送给了我。他说在商店里看到这只猫时就想到了我。我们的关系一直都不错。他把我从监狱里保释出来，我生病时又送我去医院，而且我从来没有主动请求他做这些。我们完全是工作上的关系。我们偶尔会抱着摔跤，我就看到他蓬乱的长发垂到眼睛前。我很清楚，他是像兄长一样关心着我。偶尔他也会微笑着看我，一脸"可能会发生些什么"的表情。我很珍视这只石头猫，但今天它有点儿吓到我了，它那露齿的微笑好像不像以前那么好玩了，看起来让人觉得有些阴险。风从房间的通风口吹进来，把石头猫的塑料胡须吹得好像活猫的一样，对着我一直颤动。我把身上的小毯子拉到下巴处，盘腿坐着，把整条毯子固定好，让它变得像睡袋一样舒服。我瞥了一眼书架上挂着的照片，是我在山顶上的自拍。从山顶上往下看，会看到颜色各异的壮观景象，有绿色的、黄色的、赤褐色的，但一直没人愿意陪我一起爬山。照片里的我没有笑，也没有其他人的笑脸。下山的时候，我把一块花岗岩装进了背包，石头比我的手还大，我的包很重。石头上的颗粒整体感觉比照片上的更真实。当我因无法与人分享某个时刻而感到孤独时，这块石头就能带给我一丝安慰。它躺在书架的最底层，夹在木板和墙壁之间。我拖着粗糙的双脚走过地毯，往石头那儿走去，脚下发出一阵摩擦的声音。我捡起石头，把它从一只手上换到另外一只手上，有小颗粒的泥土和晶体沾在我的手上。我用食指摩擦着它上面的黑色锯齿 Z 形图案，它从中间贯穿了米色和灰色的部分。我的手指抚摸着上面的字，感受着渗透在里面的黑色，它要比花岗岩表面更粗糙，更原始。我把手指按进去，感觉着微微的刮伤感，我很享受皮肤上的这种疼痛感。我左手紧握着石头，轻轻把手臂一挥，感受着石头的重量，手指也游移到了石头背面的钝缘处。它在地上的时候是平的，看着是一个梯形，顶部只能看到一条黑色条纹，但从底部向上看就完全是黑色的了。我差点儿就把那个Z形图案破坏了——他最后一次离开我时，我把石头砸到了地上。那次，他直接走出门，把我一个人扔在了房间里。他的脸上没有我想要的答案，没有和解的迹象，没有爱，没有理解，也没有任何善意的表示。但我需要答案。我觉得如果他允许我亲吻他，允许我抓住他长长的胳膊，允许我的舌头追逐他的唇，允许我慢慢引诱他，吮吸他的下唇，让舌头强行进入他的口中去寻求答案，那么一切问题都解决了。我想抱着他，把他按到墙上，但他躲开了，他向门口倒退一步，像斗牛士一样侧身避开了我。我站在原地一动不动，没有伸手去抓他，因为我看到他的手朝后面伸着，一副戒备的模样。我紧张地站着，害怕惊扰到他。他盯着我的身体，没有看我的眼睛，似乎想要摇摇头，却终究没动。最后他像公鸡一样挺直脖颈，抬起了头。之后他打开门，侧着身子走出去，又安静地关上门，门咔嗒一声钻进门框。我静静地站了一会儿才颓然倒在地上。没有必要再去追他了。他盯着我看，却不看我的眼睛，那时我就明白了一切。我的胸腔里有一种奇怪的紧缩感，心中的期待没有任何着落，这种紧缩感愈来愈强烈，好像要把什么东西压薄压扁，让人无法抓住。我站起来走到窗前，透过百叶窗向外看，我没有拉开它，怕被他在外面看到。我只看到了他的车灯，他倒车，然后就不见了。我感到愤怒，全身上下充斥着耻辱感和挫败感。我离开百叶窗，退到书架边，却被那块石头绊了一下，不小心撞到了大脚趾，我拿着石头单腿向后跳，像扔铅球一样把石头扔了出去，它在坚硬的瓷砖地面上弹跳了一下，边上磕碎了一点儿，把下面的瓷砖也砸出了锯齿状的碎痕。我走到它那儿，认真地把它翻过来，有点儿不敢看它是什么样。我手里有脏东西和碎石渣往下掉，还有小小的黑色碎片掉进了地上的尘土里。我想找到那个 Z 形图案。我把石头洗干净，Z 形图案还在，只是稍微有点儿破损，石头底部还有一小片黑色条纹，但原本光滑的平面现在不再平了，而是裂开来，变成了岩石层，沿着花岗岩的纹路向下形成一个小斜坡。我吐了一口气，那个男人永远不会懂得这块石头对我的意义。

有一次，我们半开玩笑地去买戒指。我心里很希望这是真的，希望这不是想象中的事情，希望我们彼此是需要对方的，是会保护、爱对方的。我们走过一家家商店，最后进了一家，因为我在外面看到有一款戒指好像很适合我。就像是选择生死一样，这对我们两个人是一次考验。我们沿着展示柜往前走，里面全是象征着永久爱情的戒指，任何价位都有。但看得越多，就越找不到预期中的戒指。我的手指从玻璃柜台上滑过，留下一条条脏兮兮的尾迹。他跟着我，揉着我的肩，身子紧贴着我的背，把我朝柜台上压着。终于，我笑了。其实第一圈走下来时，我就发现了这款戒指。小小的戒圈图案交织，看起来像是几条蛇缠在一起，形成了一个圆圈，周围是连续的埃舍尔式花边，很有凯尔特人的风格。但是，他却慢悠悠地走到商店的另外一边，浏览里面的十字架和手镯，最后向店员要求看一枚戒指。那是一枚光滑精致的白金戒指，它的苍白色掩盖了它真正的价值。他用手指翻看着它，然后朝我眨眨眼，戒指中间镶嵌着一颗很大的钻石，两边还有两颗小小的绿宝石。我感觉很恶心，甚至觉得胃里胀胀的，呼吸时有些缺氧，好像是在通过一台过滤器呼吸一样。他把戒指递给我，我摸了摸它上面的褶皱，我的手指冰凉，掌心觉得很空、很轻。

"试试看，你的指围是五十五毫米，对吧？应该会很合适。"

我摇摇头，希望手指能变得胖一些，这样关节就能挡住戒指，戴不上它。但这个想法很快落空了。他拉住我的手，微笑着看着我的眼睛，眼神里满是温柔，我看到了他眼角的皱纹和紧绷着的脸。他很轻易地就把戒指套在了我的手指上。他拉着我的手，把它放在我的眼前让我看，我的心被这个圈环绕起来。

"觉得怎么样?"

"看看,是不是最喜欢这个?"

"上周我来看到了这个,觉得它很适合你。"

我知道他花了不少力气挑选到这个,但我觉得不合适,跟我的心不合适,跟我的脑袋不合适,跟我身体的其他所有部位都不合适。我看着手指头,觉得它们根本就不是我的。我慢慢伸出手臂,松开手掌,把戒指拔了下来,放在了他的手里。我笑了。

"再看看吧,可以吗?这个很漂亮,但是我想要一个款式简单一些的。"

他哼一声,嘴巴张大,眉毛耸起——他意识到我是认真的了。我心不在焉地揉捏着无名指刚刚戴过戒指的地方。

"比如这个,看,你觉得这个怎么样?"我把他带回那个小小的银色盒子前,指着一个戒指问他,戒指靠在一个天鹅绒支架上。

"这个戒指款式太简单,而且也过时了,你怎么会喜欢它?"

我耸耸肩,让店员把戒指拿给我看。我拿着它,让它在手指中间转动,感受着缠绕在上面的金属绳中间的洞孔和突起。戒指的外缘很光滑,但我用手指按住了上面的图案。手指皮肤上有冷汗渗出。我把它从食指和手掌连接处拿走，看了看它留在手掌上的小蛇形状。我想把它戴在手指上，但它太小了，只有在小拇指上比较宽松。

"我喜欢它，因为它很有意义。"

"什么意义？一个那么便宜的银圈儿能代表什么？这对我来说可是很重要的。"

我抬头看他，他的眼睛是棕色的，眉毛皱着，脸上的表情夹杂着戏谑与垂怜，好像他比我更懂得我自己。我把戒指放到柜台上，让它沿着一个圆圈旋转，在它停下来前，我拉着他走出了那家店。那天晚上回到家之后，我们试着做爱，但我们中间好像总隔着一堵墙。他的皮肤很不真实，他的吻也很勉强。我躺在床上，心里感到很满足，因为我很了解我自己，而他并不。

现在，我又感受到了一股寒意。我的皮肤放松了，我把石头放在地板上，又用大脚趾把它推到原位。我用手揉了揉喉咙，然后把手放在胸前。他确实已经离我内心的盔甲足够近了，他穿过了我的皮肤，穿透了我内心深处的硬壳，通过了我对他的层层考核。但最终，他还是没有到达。他只是找到了一个他以为是我的人，或许是这样吧。

我坐在地上，双膝贴在胸前轻轻地晃着，推动石头。我让它倾斜，露出破损的一边，然后让它重重地落回原位。我把脚放在上面，抬起脚后跟，弓起脚背，脚指头散开，把它提起来。石头上的黑色条纹不太清晰，随着我摇晃它，它们时隐时现。它被提起来时，我会停下来，身子向前倾。屁股下的地板很硬，我整个人都倚靠在窗户下面的墙上。然后，我的脚使劲把石头推到了墙上，它停了下来，上面的条纹也显露出来，是漂亮的黑色大理石花纹，平滑但显得有些破旧。上面覆盖着一层花岗岩，很粗糙，一些地方还剥落下来了。岁月沉淀在它身上，让它的外表变得异常粗糙，掩盖了它精致的内在之美。我一边用脚指头摩擦它的黑色边缘，一边在心里想，如果没有他，我的生活会不会变得糟糕。花岗岩上有旋涡状的花纹，颜色单调，掩盖了下面鲜活的纯黑色。石头上的黑色部分看起来很有力，其他地方就显得干瘪，显得枯燥无味。浅色部分就像是一座丑陋的山峰的面具，很乏味，还带有欺骗性。我站起来，石头靠在墙上，露出下面锯齿状的黑色花纹。我走到门口，把门打开，来到走廊，脚下踩到了脏土块。然后，我光着脚走出房子，踩在外面的水泥地上，小心地绕开松动的石块和卵石。我看向远方，感受着凉风拂过我的皮肤。我深深地吸了口气，一股寒冷的空气穿透了我的心肺，手指和脚趾也感受到了凉意。我踮起脚，把前脚掌使劲摁入地面，感受路面的寒冷。之后，我看了看四周，朝一条大路走去。我坐在一棵大树下，盘起腿，盯着地面。地上堆满了松针和砾石，里面散落着很小的卵石和石块，它们是被风吹到这里的。我弯下腰，轻抚它们，然后捡起一个红色的小石块。它的表面很光滑，混杂着焦红色和橙色。石块滚进手掌，我感受到了它的冰凉，于是我握紧手，去拥抱它的所有颜色。

杏仁软糖　　盖伊·米尔纳

　　枪声。什么声音？我一定是睡过去了。大腿上的红色补丁和黑色的瑙加海德革灼烧着腿上的皮肤。这是一片内陆土地，空气灼热、潮湿、黏腻。枪声是从哪儿来的？是电影《弗吉尼亚人》(*The Virginian*)，金发男孩特拉维斯正手持一杆冒着烟的枪，他高耸的鼻梁和丘比特式的嘴巴躲在枪杆的另一边。但我一定是做了比这场景更暴力的梦，才让我的脑海里留下这些颗粒状的黑白颜色和声音。我受不了，要一把一把地把自己拉回去，因为我必须救自己，救她或者它。我需要做什么？我的胸腔被一块东西填得满满的，它的名字叫"失败"。

　　牛仔的上方是电视机周围的假木头框，再上方是一个硬纸板相框，相框四周镶嵌着一圈小小的金色花饰，相框里是一张怪物狗照片，它有一身茂密的红棕色毛，毛的末端微微内卷，嘴角有淡淡的冷酷笑容。这张照片大概是一九五八年拍的。这是唯一的纪念品吗？是在三十五年后唯一值得我回忆的照片吗？刚刚我到底做了个什么梦？梦里我好像变成了一个女牛仔，我的猎狗被一个小偷偷走了。扯淡！我要拯救的到底是个什么生物？

我坐直身体，一股疼痛感从脊椎传到右膝盖，站起来走路的时候身体很不稳。我一瘸一拐地走到前门后，晃了晃咯吱咯吱响的电视屏。我走到玄关，发现穿着袜子、站在红色水泥地的脚上关节格外突出。我心里充满恐惧，伸出手去抓一根柱子，这是门廊的支撑物，是两根连接在一起的、上了漆的铁管，每隔二十五厘米左右就镶嵌一些上了白漆的铁制饰物，比如相互交错的卷须、树叶、飞翔的小鸟等。在它和装着护墙板的天花板连接处，有用颗粒状的泥子打过的补丁。铁管的两只脚深埋在红色的水泥地板下。油漆的纹路把我的指尖磨得生疼。

我看着铁管上白色扁平铁鸟的眼睛，从炙热的虚空中翻涌而出，梦想已经从比利时的列日逃脱。那时候我大概八九岁，市场还在，人们很怕食物匮乏。那是一九三九年，我九岁。有一次，母亲穿着一件深橄榄色的大衣在买面包。我的肩膀挨着她的臀部，感觉很温暖。一只小鸟在一个水坑边啄食，好像正在吃一块小蛋糕。我在等着，看一会儿有没有人给我一块杏仁软糖、一片饼干或一块牛奶软糖。我很害怕大人们把我给忘了，然后什么都没吃到就回家了。我很想弯腰把小鸟嘴里的蛋糕抢过来，但它在我脚下看起来特别勇敢，很像那些毫不犹豫地喊出"人渣！犹太人！

吉卜赛人!"的德国男孩。除非母亲想起身边还有个我,否则我就只能从这只鸟嘴里抢甜食吃了。母亲在我头顶嘟哝着一些毫无逻辑的话,这些话语和商人们低沉、悦耳、理性的诉苦混杂在一起。为什么我觉得甜食可以吃饱,但又害怕吃不饱?那只鸟斜着眼睛机警地看着我,似乎在嘲弄我。这只普通的、羽毛丰满的棕色小鸟,很可能会啄掉我的眼睛。

母亲说:"西蒙娜,帕特尼尔先生在和你说话呢。"

帕特尼尔,这个名字毫无征兆地出现在我的耳旁。他是这个露天市场的糕点师,摊位上拉的横幅刚好就在我的膝盖处,上面的红字我完全能读懂:帕特尼尔糕点。那只坏蛋小鸟就在横幅前啄食蛋糕,像一只叼着袜子的小狗一样摇晃着它。就像是我丢掉的宝贝,我唯一的孩子怪物狗。

"对帕特尼尔先生说谢谢。"他递给我一片蛋卷,不是刚做的。我觉得自己被背叛了,不想开口说话。

我抓着铁杆,用手掌去感受它的轮廓,感受它的油漆表面。他们把坐在轮椅上的我推进去之前,我已经摸过了病床的白色侧面,它们是用类似管子的东西做成的。他们把侧面升起来,我的床铺变成了一个笼子,我抬头透过这些栅栏向外看,然后伸手拉着它们,想让自己坐起来,但肌肉就像稻草一样软乎乎的。一个鹰钩鼻护士让我不要烦躁,另外一些人——真不知道到底有多少人在负责我——

往我的胳膊上打了一针，本来有气无力的我忽然就感觉很轻松，好像能从笼子里飘出去了。我知道，这是因为他们偷走了我的意志力，他们正在带走"她"，我被骗了。他们告诉我，有一个残疾的孩子还不如没孩子，他们一定在骗我。我坐起来，想要反抗那根针，反抗这些栅栏，反抗这帮护士，她们就像是那只偷走甜点的小鸟，就像看管甜点的人，就像妈妈那热乎乎的屁股，还有那只被我扔了的狗。我坐起来，一头朝护士的脸撞去。

我还说："我改变主意了，我就要那个有残疾的孩子。"说完，我觉得这句话不太好理解。

"不要，"我对帕特尼尔先生说，"我不想吃过期的蛋卷。"我妈妈带着我回到家，给我清洗嘴巴，我的舌头感觉到了肥皂的苦涩，我本来是想让它尝杏仁软糖的。

后来没东西吃的时候，我是多么希望能吃到一片过期的面包皮啊。就像现在，我宁愿拥有一个耳朵聋了的孩子，即使他的心上长了个洞，即使他的眼睛看不见，也比没有任何孩子好。但现在的我只有一个铁鸟，一张爱尔兰长毛猎犬照片，这只猎犬还被我抛弃了。我的手可以摸到铁杆，摸到水泥门廊，摸到电视机。屋子里流淌着音乐，到处都是很少见的糖果。

我的两只手一直握着那两根杆子，最后指头关节都开始疼了。这种疼痛又蔓延到背部，身体的僵硬感就愈加强烈。我的手指感受着油漆的痕迹，到底是谁在这上面涂了这么多层？可能是一对梦想着给家里装上护墙板的年轻夫妻，也可能是想存钱变成有钱人的房东。或许那只鸟并没有用它扁平的眼睛盯着我看，一切其实都没有恶意，包括那根皮下注射器上的针管。帕特尼尔先生之所以把不新鲜的蛋卷给我，是因为里面没有糖分了，没法卖了；那只鸟吃到的蛋糕可能是某人扔了的脏东西，只是我内心的欲望把它们变成了珍贵的东西；我希望自己没有扔掉那只怪物狗；我不可能自己抚养一个孩子，无论是残疾孩子还是健康孩子。

我抓着杆子舒展身体。我把身体吊在上面，弯成弧形，拉伸我的脊椎，让自己放松下来。月亮升起来，爬过橡树巷，缠绕在杨树叶上。夜幕降临，尘埃落定，空气中飘散着调味料的香气。我转过身走进屋子，关掉了电视。

第三部分

故事与分析

我要经营自己的相扑品牌,我会竭尽全力。

——相扑手的标准回答

10. 弗拉门戈　埃里克·西萨科

在法国区,到哪儿你都不可能躲开酷热。从六月初到九月底,灼热会一直笼罩着这里的每一寸土地。图卢兹、迪凯特和圣彼得这三个地方毗邻城市公园,常住居民不多,大家整天待在室内,生活被灰泥墙和嘎嘎响的空调包围着,还有一些东西的内容物会盯着你看。到处都很热。艺术家们都生活在这个区的最高处,这个地方整体像一个勺子,潮湿闷热,但租金便宜。

那天下午,我去了父亲的画室,想告诉他我要订婚的好消息。我还想请他帮我一个忙,虽然我知道他可能不太愿意。我和女朋友木户惠已经交往了一年多,她刚刚答应了我的求婚。美国人总是会把她的名字念成"梅米",两个音节,但她的名字不是这样的,发音应该是"梅古米",三个音节,每个音都要温柔地发出,结尾音调还要上扬,直到最后一个音像小鸟一样飞出来。这是她真正的名字，她的闺名。

我第一次见到她是在新奥尔良艺术博物馆旁的小河边。当时，她一个人坐在一张简单的毯子上，正在看河里的鲱鱼跳跃。在那一瞬，她就占据了我整个心田。为了她，我忍不住想要提升自我，我会熬夜看招股说明书，会折算一九四六年以来的赠品调整基数和公平市场价格。我们在卡温顿市有一个小窝。我不喜欢家里的东西有变动，比如家具和书籍，比如放在壁炉上方的歌舞伎面具和陶瓷花瓶，比如沙发周围的丝绸地毯。她理解我这个习惯。有时候我需要安静地坐下来，有时候会一坐几个小时思考会计必须学会的数字难题。她也理解。我是第一次世界大战以来康尼克·卡斯特拉诺·沃里克&奥康纳公司最年轻的合伙人，这家公司有着悠久的历史。

我父母住在两栋连着的房子里，这房子不仅仅是画室，周围也布置得非常漂亮，这其实是一种防小偷的古老方法。叶子花的藤蔓从门廊的铁制栏杆上伸出来，攀在黑色的窗户上，窗户上的旧木板并不宽，但很精致，看起来很像老式姜饼，上面落满了白色的灰尘。我在一辆大众面包车后面停好车，让它和面包车整齐地排在一起。母亲曾经在我小的时候开着这辆面包车送我去看医生，去舞蹈表演会，去上课，我迟到的时候她还会开着它去学校。现在，它的内部零件松散地挂在下面，提醒着我们母子生活的一片混乱。我们一直说要修理它的。我跨过一堆黄色咖啡罐，敲了敲画室的门。这些罐子大多数都来自蒙德咖啡馆，现在里面全是泥巴、矿物油和各种颜色的东西。

人们说，凡·高的精神错乱并不仅是因为他自己的身体，也可能是因为画画用的矿物油，它们会散发大量气体，即使是通过刷子吸入，时间久了也会让人的智力衰退。在父亲的画室里，同样的气体从木地板上，从高高的天花板上，从湿漉漉的帆布上，从靠墙堆着的干燥设备上散发出来。我们已经吸入这种气体很多年了。

父亲被自己的画包围着，像坐在一个洞穴里。他坐在一个三角凳上。我对这些画的颜色已经习惯了，但如果你第一次看到，一定会觉得吃惊，因为看到它们，你的正常比例感，你熟悉的柔和的大地色调以及校车、建筑物、树木、桥、水流、电视机、家具等物体的颜色都爆炸了，消失不见了。他的画都是大幅的，非常吓人，色彩艳丽，让人觉得很暴力，很杂乱，很复杂。看到它们，你不会只是瞥一眼就走，而是会花很长时间去凝视它们。

他没有转身，直接站了起来。他弯着腰，像玩杂耍一样让三脚凳的一个脚稍稍离开了地面。他上身赤裸，没有穿鞋子，右胳膊上有许多红色颜料的条纹，他的皮肤苍白，头发整体看起来很好，只是有一点儿灰白。他一边思考，一边用手指把它们向后甩了甩。窗户边有一个箱形风扇正在转，还有一台空调在嗡嗡响着。我母亲说我和父亲长得一模一样，现在二十九岁的我就是二十九岁时的父亲。我看过他年轻时的画像，确实很像。

门口放着一张桌子，旁边放着一把人造皮椅子，我走过去坐在上面，不再思考我的年龄。

"我有好消息要告诉你。"我十指交叉着说。

"我很愿意听。"他的声音似乎很遥远。他还在思考，思维没有逻辑，这是和他谈话的最好时机。

"我向她求婚了。"

"是时候了。"

"她说愿意，爸爸。"

"祝贺你。"他说着，要和我握手。

我拉着他的手，把他拉过来，很温柔地拍拍他黏糊糊的柔软的背，说："我想让你帮个忙。"

他重重地点点头，似乎是明白了，但到底明白没有，我其实不知道。然后，他开始低头看桌子上的信。

"帮忙……"他对着一堆信和纸喃喃道。我扭头去看他正在创作的画。这幅画他已经画了很久。在一座大山的山谷中，在各种动物中间，一个女人站在一块颜色艳丽的礁石上，在一块彩虹色的礁石上跳舞。她的双手摆着造型，似乎要打响指。她好像很想跺跺右脚，好把脚跟上的裂纹甩出去。

"你能不能把她画下来？"我问。电风扇在转，空调无精打采地发出嘀嗒的声音。母亲住在另外一间房里，此时我听到了她在木地板上的脚步声。

"那她得一直坐着。"他回答。

"当然了，"我吸了一口气说，"爸爸，她很有耐心的。"

此时，从不太远的地方，但肯定是父亲画室的外面，传来了一个声音，它离我们很近。我只能把它称为"喊"，是一种声音与声音、音符与音符、耳朵与耳朵之间的摩擦，它从画室的窗户悄悄钻进来：哦耶，哦呀呀呀呀呀呜呀。这个声音打断了我们的话题。

"那是什么？"

"你觉得呢？是他在唱歌，帕科在唱歌。"

"但是在哪儿唱的？"

"哪儿？你听不出来吗？该死的吉玛纳·德·阿尔巴又来了。"

歌声停了一会儿又继续，声音还和原来一样大。吉玛纳·德·阿尔巴是我母亲的艺名。这个名字一出现，就代表她不在家，就代表我和父亲孤独的日子。我就是在这种孤独中长大的。

父亲转过身，用一柄牛毛画刷指着我说："他在给她唱歌。"

"是给妈妈唱的。"我早就知道。

他点了点头,把画刷扔进了松节油里。"是的,已经一星期了。"他看看地板,又看着我。他眼睛里的蓝让我吃惊。"因为我想和她有更多的时间在一起,她离开了舞蹈室。但它还是把她从我这里夺走了,不仅仅是身体。"他说完,像公鸡一样昂起头安静下来,陷入了沉思。

他很早以前就要求母亲离开她的舞蹈室了。我很想开口对他说点儿什么,但我不知道怎么说。从父亲口中出来的其实并不是他自己的想法,而仅仅是一些字词。他从来不会把想法说出来,也从来没有提过母亲是他的女人。其实他就是不会表达内心,不会表达他的爱、痛苦或回忆。此时,我们之间好像有什么东西在变。

"你准备怎么办?"我问。

"画画呀。"他指了指画布说。

然后,母亲开始了。我能感受到地板的震颤。她在另外一个房间里跳舞,我就是在那个房间里学会了爬,学会了说话,学会了奔跑和思考。我听着地板上传来的咔嗒咔嗒声,节奏很快,像是自行车轮子里卡了一张硬纸片,然后是重重一声,像是地板上的一声惊雷,最后停住了。

10. 弗拉门戈　埃里克·西萨科

母亲告诉我，弗拉门戈舞曾受到阿拉伯和东印度音乐、西班牙和非洲圣歌以及吉卜赛文化的影响，它需要吉他手、歌唱者和舞蹈者同时表演，三个角色围绕着一首歌曲交织在一起。吉他是桥梁，是背景；舞蹈者和地板一起翩翩起舞，与歌声产生共情；歌者则完全臣服于声音，用震颤的声音把合适的歌曲演唱出来。我从车窗里见过他们，就在母亲舞蹈室的后面，我还听到过他们的歌声。

我想象着帕科像耶稣一样，双手掌心朝上，然后从胸口伸出去，向母亲伸出去，他慢慢酝酿着，最后才释放出歌声。他双眼紧闭，坐在一间空荡荡的房间的窗户旁，靴子轻轻击打着地板。木头百叶窗没有上漆，黑乎乎的。阳光投射进来，光线里是满满的灰尘，轻触他洁白的牙齿。他坐在椅子边上，向倾听他的人呼喊着，歌声里满是虔诚。

在我还没出生、父亲和母亲比现在的我还年轻的时候，人们喜欢跟着母亲到一个小俱乐部去跳舞。俱乐部位于一座公寓的地下室，公寓位于普瓦德拉和迪凯特街交会的拐角处。这两条街位于老街区的边缘，街道尽头几乎一片漆黑。俱乐部的名字叫"西罗斯"，晚上大门经常不关，里面不断地飘出音乐声和灯光。如果偶尔路过那儿，你会看到里面摇摆的人群和冷饮，还能听到人们的笑声。他们几乎是这个区跳到最晚的。你可能还能听到明快的弗拉门戈吉他声，还有我母亲的鞋子敲击地板的声音。每当有人喊她时,她就会直起身,像敲鼓一样用脚敲击地板,用形体姿势表达自己。这些姿势就代表她的性格,我很清楚这一点。

母亲曾在杜兰大学学习造纸和修复并保存档案,她就是在这里学会的弗拉门戈,也是在这里遇到的父亲。父亲当时是来这所大学访问的,当时的他心思全在绘画上。母亲一般在周末和周二的晚上到西罗斯俱乐部跳弗拉门戈舞。当时她是那个地区最受男人欢迎的女人。父亲经常靠在墙上审视那些爱慕母亲的人。现在西罗斯已经被木板封住,母亲居住过的单身公寓也变得空空如也。

三天后,我带着惠到了父亲的工作室。停车的时候,一个小男孩忽然从我们的车子前蹿到街上,去追已经跑到面包车下面的足球。很快,我看到他的双腿露在面包车架子外,形成了一个大写的 V 字。我把车慢慢停到一个鱼池边,车轮嘎巴嘎巴地碾过地面的碎石。惠笑了,像往常一样噘起嘴唇,束起的乌黑头发垂在脖子下,发梢微微旋着,她用长长的手指抚着眉毛上方的刘海儿。她的肚子里已经有宝宝了。

"他会对你很友善的,"我说,"我会陪着你。"

她点点头,下巴微微扬起,然后说:"我知道。"

父亲房间的小门廊上放着一束用纸裹起来的红色康乃馨和玫瑰。惠看到后抓住了我的手,她以为是我放在那儿的，但不是。那一定是送给母亲的，不过应该不是父亲送的，很可能是帕科，他放错地方了。

"这花儿真新鲜。"惠说，把花儿放在鼻子下闻着。

"他在那儿。"我说。父亲朝我们走来，身影很模糊，我笑了。我不能夺走惠的幸福感，所以没有解释。

画室的地板扫过了，百叶窗拉开，堆叠在一起，似乎在暗示着什么。父亲穿着一件有白色带纽的牛津式卡其短裤，脚上套着一双网球鞋。

"欢迎。"他帮我们扶着门，语气很温和地说。

惠的黄色裙子比父亲所有的画作都明艳，她朝厨房走去。我看着父亲，意识到他可能和我的想法一样。

"天啊，我都忘记了她这么漂亮。"他说。

"爸爸，我从来没有这么开心过。"看着她从厨房门外一闪而进，我说，"那束花儿真让人伤心。"

"什么？"父亲坐在凳子上摆弄一团颜料，他在调色。身边有一大块准备好的画布，上面已经涂上了柔和的黄褐色和棕色。

"就放在门外。"我说。

"又送了？看来他是不会放弃了。"

厨房在房间的另外一头，惠站在里面，把花儿从白色包装纸里拔出来，把花茎切掉。然后，她朝一碗水里扔了一片阿司匹林，又倒了一点儿七喜饮料进去。她修长的手指拨弄着花蕾，让它们看上去像要拍合影的孩子们的小脑袋瓜儿。突然，她抬起头笑了一下。我心里想，这些花儿是送给母亲的。

父亲把画布朝凳子边挪了挪，拉起衬衫擦了擦脸。我看到他身后的木头百叶窗打开了，透过窗户能清楚地看到隔壁房子的墙壁，我们和帕科之间仅隔着一条窄巷子。帕科是母亲的情人吗？还是他只是想让她跳舞，想让她回到那间舞蹈室，那里面聚了一群上了年纪的音乐家，他们可以在那儿回忆往事？

"她坐哪儿好呢？"我问。

他抬起头，一脸吃惊的模样，然后环视了一圈画室。"我都忘了，"他说，"我从来没给别人画过画像。"

"也没画过她？"他很清楚我说的是谁。

我把皮椅从两张桌子间拉出来。惠端着碗，拿着花儿走过来，问父亲："博纳尔先生，我把它们放在桌子上行吗？"但还没等父亲回答，她就直接把它们放在了桌子上。

我把皮椅放到凳子和画布边。灯光直直地打在软软的咖啡色画布上。惠脱掉精致的高跟鞋，盘腿坐下来，整理了一下裙子。在灯光中，我能看到她胸部衣服上细密整齐的针脚。我站在父亲身边，站在他的画布旁边，和他一起盯着她看，我们一起盯着她，一个老人和一个年轻人。她就坐在那儿。在那一刻，我突然觉得她的存在意义深远，很不现实。她的黑色头发中有一抹蓝光。我觉得我得把头转向父亲,我想他应该也感觉到了她的美丽。就在此时,帕科出现了。

他的声音好像更大了,颤抖的声音中透出一种认真的愤怒,这愤怒似乎在破裂:呀哟呀,呀哈哈哈哈,哦。我们一起看向窗外。

"我们是在画一朵玫瑰。"我父亲说。

"画什么?他可能在练习。"我说。

"不可能。她很快就会跳舞。"

"你和她谈过这件事吗?"我轻声问,"她怎么解释的?"

父亲年轻时参加海军,后跟随军队在越南驻守了九个月,没受过伤,也没有立过功,但他的人生轨迹很难复制。他说小河的声音像雨声,下雨的时候,像是有条河从天上倒在了身上。我觉得他的人生故事并不连贯,想象也不太清晰,根本想象不出来穿着靴子、拎着一支来复枪、背着背包、疲惫之至的他是什么样,但可能他在军队的时候不是这样,他还有其他能力。

战争结束之后,他上了大学,读了研究生,然后开始教书,他的画还卖给了泰特·米彻姆画廊,有人开始收集他的画,给了很高的评价,甚至一些很严肃的艺术批评家也在书里提到过他的作品。偶尔还有大学邀请他去做讲座或访问。但是，这一切都过去很多年了，泰特·米彻姆画廊倒闭了，收藏他作品的人也消失得无影无踪。

但他仍然坚持绘画，后来他的画超越了卖给泰特·米彻姆画廊的那些。他说，他发明了一种全新的绘画过程，这个过程甚至比血清素更能与人脑融合。我不明白他在说什么，也没有问他，但这个并不重要，重要的是帕科正在破坏一桩摇摇欲坠的婚姻，虽然这婚姻不稳定，但它确实坚持了下来，也或许因为这种坚持，它反而持续了很久。

"我和一位'修复专家'结了婚，这个女人做事情非常讲究实用性，还一直想要个孩子。"他一边说，一边努力让自己在凳子上平静下来。他在画惠的脸，给画布上面添加各种交叉线条。

我走到窗户边，仔细倾听巷子对面的声音，很像玻璃碰撞的叮当声。帕科的歌声慢了些，也远了些，我试着想如果我们现在直接去敲门，去面对他，会是什么样的结果。但这样的事情永远不会发生。

我看看父亲，他正在填充惠的左眼。我很熟悉这只眼睛，熟悉它的小，它的亚洲人那样的泪滴，还有它里面那迷人的棕色。父亲不会去面对帕科，也不会去面对妻子，他们必须自己做决定，我很明白他的想法。如果我发现惠在我们经常吃午饭的印度餐馆里盯着某个男人看，或是在某个温暖的晚上盯着某个儿童房看，我肯定会觉得很受伤，就像有小刀暗暗地插入我的身体。但我不会说出来，在其他男人面前她必须爱我。

歌声逐渐大起来，离我们好像越来越近，父亲把铅笔抵在地上，啪的一声将它折断，然后站起来开始踱步。他把手指插入头发中，使劲摇着头。凳子马上要倒，我赶紧扶着它，然后看向我的未婚妻。

"我们走吧。"惠悄声说。

"不行，我现在不能离开他。"父亲跪在窗户前，向窗台外面偷偷看。我走过去向外看，什么都没看到，歌声也停了，我怀疑是不是只有我们听到了歌声。

"我觉得她在那儿。"他小声对我说。

"不可能。"我说着，也跪在窗前。

"帮我推开这个。"他想打开窗户。

画室的窗户好多年都没有打开了。我把手指伸到窗户和木头中间，上面全是油漆和灰尘，我向外推窗户，封条裂开，窗户慢慢地开了，外面湿润温暖的空气溜进来，落在我们的脸上。

"你在这儿看着，我一会儿就回来。"他说完就站起身离开了。

我看着外面的巷子。帕科家的窗户里漆黑一片，有白色的窗帘不断飘起,落下,再飘起,再落下。我想象着父亲的一生,那是绘画的一生。我本来也可以选择成为画家,如果那样,现在的我可能就是画家了。他以前教过我画画,他不断鼓励我,我画过运动鞋,画过烤箱,也画过她。她那时穿着长裙,披着披巾,头发里插着发簪,有时在舞蹈室教人跳舞,有时自己跳舞,我不知道。我把她画下来了,他很骄傲,他还告诉我在画画的时候不要看画纸。我还记得自己第一次画画的样子,那双旧鞋缠在一起,鞋带也缠在一起,我画出来的是一只鞋在另外一只上面。

没有歌声。没有任何声音。外面的路上也没有汽车,没有孩子,没有门响的声音,也没有音乐。我的膝盖开始疼痛,但我没有动,现在我做的事情很重要,我不是在帮父亲看着帕科或者我母亲,而是要为他完成这项看守的任务。

他回来了,双腿之间有一根来复枪,枪头朝上,上面有一块铁片,枪管很细。"我都不知道你还有枪。"我说。

"是气枪。儿子,她走了。"

"走了。"我重复一句,然后意识到我们说的不是母亲。惠坐的椅子已经空了,灯光把它照得亮堂堂的,好像要灼烧它。在沉重的空气中,那块本来要为她画速写的画布好像要燃烧起来。

父亲愤怒地挥动了一下气枪,啪的一声合上弹匣,又把它抽出来。

"得十下才能把那个窗户打破。"他喘着气说。

他把枪放在窗台上,把生锈的枪管从窗户里伸出去,把弹匣紧贴在肩膀上和脸颊上,然后抬起头向外望了望,说:"如果你看到他们,告诉我。"

"你不会打她吧?"我问。

他扭头看我,脸上是难以置信的表情,好像不理解我竟然能问出这样的问题。他当然不会打她了,他还没疯,他要打的是帕科。

"我什么也没看见。"我说。

父亲深深地吸气,表情严肃阴沉,然后缓缓地从紧闭的嘴唇里吐气。我想这是射击前的准备动作。但外面的巷子寂静无声,窗户里面似乎也没有什么动静,我确定里面没有人。

"我去看看,一会儿就回。"他说。我还没来得及问他是什么意思,他就像年轻人一样敏捷地蹿了出去,好像要完成一项重大任务似的。

我盯着巷子看了几秒钟,想看看父亲出现时是否身穿迷彩服,脸上是否戴着黑绿相间的面具。我听到铁丝网门开的声音,但没有任何人出现。我站起来,两条腿像沉重的木头块一样,我麻木地向前迈了两步,感觉很像科学怪人弗兰肯斯坦。我抓住凳子,靠在上面,然后伸开双腿,把腿伸到画布下，它就在我面前，我感受着它的尺寸，能看到底层漆上的颗粒和不完美的地方，看到了炭笔线中间的空白处，上面还留着惠脸部的模糊轮廓线，只是一个人头形状，还看不到她的任何特征。

我拿起一支铅笔，把笔尖放在她左眼的线条上，然后想象着她那张离我很近的脸。我们一起躺在床上，她在大笑，我能闻到她的气息，脸颊能感受到她的呼吸，她的眼睛睁得大大的，很温柔地看着我。我看到她脸上有三个雀斑。

画完后，我看了画像一眼，吃惊地发现我把父亲刚画出来的毁了，我画出来的一点儿都不像她，可笑吧。我突然意识到我好像还不了解她，或许永远都不会再了解她了。我把铅笔扔到托盘里，朝窗户看去，我想看看我们的车还在不在，或许她在里面坐着等我。或许有一天，她会知道我内心深处不为人知的、难以满足的欲望。我打开前门，在热浪中闻到了一股加热松节油的味道，闻到了灼热的葡萄藤的植物气息，闻到了灰尘和青草的味道。车不在那儿。

罗伯特：大家写得很好，看来是找到诀窍了，真的写得很好。现在请大家花一点儿时间，重新回忆埃里克的故事。记住我说过的：如果你觉得自己的发言很有用、很好，就可以发言，但一定要从故事本身出发，从最基本的文本出发。而且发言不是强制性的,当然,我也不是让大家闭嘴不说。大家会有很多精彩的、有用的评论,这些评论不会影响大家的成绩。所以,一切都由你自己决定。

没有人发言吗?那我先说。

故事的环境很美,文中的句子也很美,语言很漂亮,比如这两句:"头发整体看起来很好,只是有一点儿灰白。他一边思考,一边用手指把它们向后甩了甩。"这些描写很精彩。而且对新奥尔良这座城市的基调设置得也不错。你一定是在学汤姆·皮亚扎,还记得那个短篇《布朗斯维尔》吗?写新奥尔良的时候,你不是一句一句地写出来的,而是通过对环境的回忆把它引了出来。故事的叙事者谈到了新奥尔良艺术家们居住的那个区,回忆让它变得栩栩如生。

父亲是艺术家,儿子是会计,这样的父子之间必然会产生矛盾。矛盾不只是传统的职业冲突,更是欲望的冲突,欲望是产生冲突的最主要的推动力。有意思的是,他们之间的对立最后被惠削弱了,这是儿子在新奥尔良艺术博物馆的河畔遇到的姑娘。

这种削弱为故事所有冲突的消失埋下了伏笔。儿子很容易理解父亲的艺术,甚至也在追寻这种艺术,惠就是这种艺术的代表。父亲和儿子的相处也很融洽,完全接受了惠要成为他儿媳妇的事实。唯一的问题是在那堵墙外。父亲和儿子的生活中面临许多共同的问题,这是其中的一个。

但问题就是问题。

从这个意义上看，故事的欲望不够强烈，不够有活力。故事马上要结束了，人物才开始采取行动，而且行动还有些极端，读者好像被拖着拽着走进了故事中。另外，读者从来没有看到过母亲，即使在对母亲过去和现在生活的回忆场景中，作者也没有描写母亲，这些场景本来是能有非常大的能量的。如果非要从故事中找出意义，我们就必须相信，母亲以及母亲和父亲的关系对叙事者非常重要，但全文却没有证据证明这一点，于是故事的情感逻辑就塌掉了。在认真描述弗拉门戈舞者这份职业之前，作者也描写了母亲的舞蹈生涯背景、父亲和母亲的关系、母亲和隔壁男人跳舞的事情，但这一切都是总结性的、抽象性的、概括性的。这一切描述里没有任何回忆，没有场景，甚至连从窗户向外窥视的动作都没有。就是两栋联排房子，儿子不管是离开还是回来都是和父亲在一起，母亲根本没有出现过，我们根本不知道为什么没有母亲，儿子和母亲为什么会分开，为什么会产生隔阂。我们会以为所有的问题都源自父亲和母亲的关系，即使从儿子的角度看也是如此。但他好像也没有站在父亲这边，没有和母亲产生激烈对抗。然后，我们知道了他母亲在杜兰大学学会了弗拉门戈，而且这已经是很久之前的事情了，但在回忆里我们没有看到儿子和母亲的交流，哪怕一瞬间的交流都没有。即使是母亲突然学会了弗拉门戈——埃里克，这完全是有可能的，也要把儿子第一次看到母亲跳舞时的场面提一提，无论母亲第一次跳舞是什么年纪都可以，毕竟这个场面给他留下了很深刻的印象。而且还要描述一下故事中的"现在"儿子被迫看到母亲跳舞的场面。比如说，他要把父亲门口的花儿放回那个男人的门口，然后在那儿看到或者偷看到了母亲跳舞的样子。读者也想看到母亲跳弗拉门戈舞的样子，尤其是跟父亲外的第三者一起跳的样子。

在许多故事中，作者明明想去探讨一个对他来说很折磨、很危险的东西，但却在这个东西被写出来前，就防御性地让它冷却下来。这种情况不奇怪。这个故事同样如此，明明故事里包含着非常真实的、有活力的欲望，但它们看起来却好像离故事的叙事者很遥远。惠并不是一个完整的人物，她与叙事者之间的关系也没有被深入描写。叙事者为什么想让父亲给她画画？故事很简单地提了一下，母亲曾出现在父亲的某幅作品里，但只是偶然提了一下，母亲很快就在画面中消失，她的画像对他的心理似乎没有产生什么作用，画像并没有进入他的欲望中去。这个故事其实是很有潜力的。或许可以这样设计：父亲为母亲画过一幅画像，现在儿子把未婚妻惠带来，想要在他的未婚妻身上完成对母亲的形象绘制。这种人物间的联系和欲望的纠缠……

之后，帕科出现了，他破坏了叙事者所希望的纯净场景。此时，读者才嗅到了一丝欲望气味。叙事者说："帕科正在破坏一桩摇摇欲坠的婚姻。"他终于对这件事做了情感回应，但可惜的是，这里同样用了抽象和分析性的语言。

隔壁发生的事情，儿子对未婚妻丝毫没有隐瞒。在这段描述中，作者对儿子和惠的关系的描述也不到位，就好像惠已经在儿子的意识中消失了，这也是她最后离开的原因之一。但是，惠到底对这件事了解多少呢？她悄声说"我们走吧"的时候，读者似乎能觉察出她是理解他的痛苦的，但这也只是一个很模糊的暗示，好像并不存在似的。

这个故事本来可以充满欲望，但作者却很彻底地把自己与故事拉开了距离。我心里有一个问题，大家也可以思考一下：这个故事是不是作者的理性思维创作出的？如果是，为什么？因为故事从一开始就是一个"意志化"的故事，一个"思想化"的故事，一个"概念化"的故事。这样的故事会为了一种东西而舍弃另外的东西。还可能是因为故事本身是出自潜意识的，但因为作者的自我保护，把自己和读者与故事拉远了。如果是这样，就把故事放在一边别管它，然后回到故事的人物身上，也就是艺术家父亲和跳弗拉门戈的母亲。故事本身的环境很丰富，背景很好，很有潜力，只是故事和这些元素都割裂了。埃里克，到底是故事的本身情感非常强烈，而你主动回避了，还是故事从开始就是理性的？

埃里克：嗯，是的，是从理性开始的。

罗伯特：从理性开始，居然还能写出这么多的可能性，很不错。

乔斯林：我很好奇，为什么你只简单地提了"放在一边别管它"。我觉得还会有许多很不错的环境表现方式，毕竟环境设置非常漂亮。

罗伯特：不管有多少漂亮的东西，如果你用理智写作，故事中的元素就会被污染。大家必须清楚这一点，我自己当然很早就知道了。即使故事写得很不错，有许多精彩的感官描写，这些描述也可能只是从无意识世界的表层出发的，不要回头再去把它们保存起来，不要说："不错，我对新奥尔良的描述很棒，直接把它放进文章里就行。"艺术品是完整的有机体，在这里可能是对新奥尔良很棒的描述，放到从无意识世界出来的艺术品身上，很可能就是一个错误的描述。明白我说的了吗，乔斯林？

乔斯林：真是很难做到这一点。

罗伯特：确实很难，这是最难做到也是必须做到的事情。写完了一个故事，你又回头去删，去添，那它就毁了，这么做是让故事整体适应外部的元素。用直接记忆写作也会有同样的问题。好，肯特，你说。

肯特：人物在新奥尔良街道上走的时候，作者可以进入恍惚如梦的状态，描写一些关于母亲的东西或类似事物……这样或许就会和原来不一样……

罗伯特：确实，同样精彩的句子从潜意识里不止一次地流出，完美地展示，这在人类世界是可能的。

肯特：也可以回到画室或者……

罗伯特：当然。场景、情节、动作，所有这些元素都可以重新"梦到"。作者可以重新设置故事情节，比如让儿子把惠重新带到工作室，让父亲为她画画。但这一幕需要在描写完父亲画室的挂画之后再出现，也可以在回忆完父亲给母亲画的画像后出现。这个回忆代表的是他的欲望：或重新建立一个家庭，或重新和父母建立关系，或重新寻找丢失的一切。如果这一幕很早出现，那么在他和惠走进父亲画室的那一刻，一切就与现在的版本不同了。因此，要兼顾到所有细节，所有神经末梢都要紧张，要"敲打"出一些文章中不存在的东西。但是，如果你一定要使用原稿中的一些精彩部分，而这些部分的语境又无法插入包含欲望的新场景，那就麻烦了。就像我说的，同样精彩的句子从潜意识里不止一次地流出，完美地展示，这在人类世界是可能的。但是如果你离开潜意识，把它们保存下来，那就不行了。

珍妮特：关于描写如何做研究，作家玛丽·李·塞特尔也说过类似的话。她说，不要去看你的研究过程，要多看看那段时间看的杂志、回忆性文字和写的信,也不要做记录,一旦做记录,写东西的时候就会不自觉地用到它们。但如果你让自己完全沉浸在那一段时间里,需要的东西自然就会来找你。

罗伯特:确实如此。一部作品是一个有机体。作品之外的任何元素都有其存在的价值,任何想要进入作品的外部元素都像病毒,一旦入侵,就会把周围的一切吃掉。艺术有机性的本质就是一切都联结在一起,一旦有任何不愿意屈服、不愿意改变的元素存在,你就创造不出这个有机体。

11. 我的那些不可能　布朗迪·T.威尔逊

母亲站在我旁边,手里拿着一把铁锹,她额头上有汗珠往下流。我站着,眼睛看着地面,心里希望是自己拿着那把铁锹,希望那汗水是从自己额头上流下的。母亲和我似乎总不在一个世界里,不管我做什么,她好像都能做得更好。现在是周六下午四点十五分,我们要给花园做一个拱门,拱门需要的杆子就躺在我脚下,裹着它们的塑料膜还没有拆。我把这些材料买回来,想和母亲一起完成这项小工程,然后我就有时间告诉她我流产的事情了。我的孩子没了,母亲永远都无法做我孩子的外婆了。她生了三个孩子,又一个人把我们抚养长大。而我却一个都生不了,这次是我最后的努力,我的婚姻已经破裂,原本我还想要修复它,改变母亲对我的看法,但现在一切都完了。现在我的计划是努力为母亲的花园搭建一个拱门,这样她可能就不再认为作为女人的我很失败了。但现在是她拿着铁锹准备在地上挖洞。而我在仔细地看说明书，想要找到关于挖洞的说明。

"你是走开呀，还是让我绕着你挖？"

"妈妈，等我一分钟！让我挖，我得看看洞和洞之间要多远。"我快速翻动说明书，浏览里面的内容。但上面没有说明，只有一个表格，也没有尺寸说明。"你得知道在哪儿挖洞才行。"

"我肯定知道要在哪儿挖。先挖好第一个洞，然后看看需要多远，再挖下一个。"她一边说，一边把手里的杆子伸出去。

我站起来，一只脚用力向下踩铁锹，铁锹竟然卡在了土里，黑色的地面仅仅裂开一条缝。

"天啊，贝姬，你到底知不知道怎么用铁锹？把铁锹给我。"她把铁锹从我手里猛地夺走，然后开始朝土里挖。她的一只脚向前一用力，挖出一大块土，再把土扔到一边。又挖了两下后，她说："应该可以了。把杆子给我。"

"但妈妈，我们得量一量。"

"好吧，来，到我这儿，你来量。"

我从工具箱里找到卷尺，从杆子的中心处开始，想量一量到下一个洞口的距离。看到我站起身，她咧嘴笑了，我问她："怎么了？"

"你不先量拱门的宽度吗,还是说我们直接挖完之后再看行不行?"她伸出手问我要卷尺,我递给她,"你其实不需要站在这大太阳下,坐着看我挖就行了。"

机会来了,她提到了,我可以告诉她了。但她好像并不是这个意思。

"贝姬,听见了吗?如果你要站在这大太阳下,至少进屋去抹点儿防晒霜,这里是得克萨斯州,下午四点之后还是会晒伤的。"母亲朝我喊完,啪的一声让卷尺缩回去,然后又把它拉出来,放在那根连接前后拱门的杆子上。我拍了拍手上的土,闷闷不乐地朝屋子里走去。

我们之间一直是这样。不管我多努力想要成为她那样的女人或是她期待中的女人,我都做不到。这一点从我们离开父亲开始单独生活时我就清楚地意识到了。和父亲离婚后,母亲买了一栋房子。住进去后的第一个夏天,热浪慢慢在消失,母亲慢慢开始不再提起父亲,我们慢慢地安定了下来。家具都摆放好了,不过还有许多箱子没有拆开。房子带一个漂亮的小院子,父亲是绝对不会允许母亲买这种带院子的房子的,太浪费钱了。小院其实是一块长方形的草地,就"放在"我们的门廊前面。我说"放在",是因为草地全是母亲买回的草皮,她从当地的草坪花园中心买了一卡车草皮,然后像玩俄罗斯方块一样,把它们一块块地"放在"铁路枕木和我们的房子中间,铁路枕木围着花床和我们的房子，勾勒出了它们的轮廓。我一直都想家里有这样的草地。那个八月天里，我脱掉鞋子，光脚走过草坪，感受着脚心被毛茸茸的草叶划过时痒痒的感觉。

"你能不能不要在草上走来走去了？能不能过来帮我干点儿活儿？"母亲低声抱怨，她正在拔草，看都不看我一眼，眼睛一直盯着草根上的土。她用野藤条把土拍掉，这些藤条围在花床周围，上面开着一串串长长的锥形紫色花朵，当她轻碰它们时，花朵就在她身边跳来跳去。"快下来，把杂草拔了。"

我走过去，蹲在她的身边，把手伸到草里，然后握住一把长得比周围的草都要高的、又长又粗的杂草，开始拔起来。我的手滑过草茎，又划过顶部黏糊糊的种子，最后，我四脚朝天倒在地上，妈妈哈哈大笑起来。我爬起来，回到原来蹲着的地方。

"你得跪在地上，用力拔。"

"好的。"我说，然后站起身来。

"很快就能拔完的。"她说，没有抬头看我。

"我就是进去多穿点儿，不然短裤就弄脏了。"我抗议道，然后跑进屋去。我从抽屉里翻出泳装上衣，穿上旧裤子裁成的短裤，然后到卫生间对着镜子看自己。我把头发向后抚了抚，整理了一下刘海儿，抹了一些可可油，然后往外走去。

"不要开着门站在那儿,贝姬,我说过多少次了,户外空调的电费我们可付不起。"母亲坐在摇椅里朝我喊。她已经拔完草了,像往常一样坐在门廊上的摇椅里抽烟。我关上门,悄悄地走到她旁边的一张椅子旁,一屁股坐进去。

"贝姬,这只是小院里的劳动,不是舞会。你一个十六岁的孩子,懂什么啊。"她笑着说,香烟在她嘴唇边上下跳动。出来之前,我抹了点儿口红,她看到了。我嗷嗷叫了一声。那个夏天,她的手变得很粗糙,指甲如锯齿一样参差不齐,双腿晒得像农民一样黝黑,大腿和后背上有上衣和短裤留下的条纹,看起来很难看。然后,她的衣服和身上的条纹就成了我们的笑料。

"妈妈,没有穿像你那样的农民衣服,真是很抱歉。"我说。心里想着,即使我在巧克力里面泡过,也不会变得那么黑。

汗水沿着她的太阳穴往下淌,她抓起搭在肩膀上的湿毛巾,擦了擦脸和脖子。"我猜,那个混蛋和那个荡妇今天不会再开车过来炫耀了。"她一边说,一边把烟拿下来,用力地戳进门廊上装满沙子的土罐里,然后接着怒声说,"我真想让他看看我的新花坛,我把它们放在外面,就是为了让他看的。"语气里满是讽刺。自从去年十月份搬出去后,父亲和他的新女朋友只开车来过一次,那时我的哥哥们都去上大学了,只有我和母亲在一起住,他来一次就足够了。

我还想嘲笑她的黑皮肤,但我知道这个话题已经过去了,她很喜欢转移话题,尤其是我提出的话题。

我按照她的要求抹了防晒霜,然后走出房间。她已经在挖第三个洞了。汗水从她的头上滴到她的手上,又滚落到光滑的铁锹把上,在越来越低的太阳的照耀下,铁锹把蒙上了一层光晕。

"贝姬,"她用毛巾擦了擦额头上的汗说,"去把那些杆子解开,把一边组装好,我去挖洞。"

杆子是白色的硬塑料做成的,即使卡车压过去都不会弯。我把包装袋拆掉,把它们平放在地上,长的与长的放在一起,短的与短的放在一起,弯的和弯的放在一起,还有连接它们的小圆环。母亲已经在挖最后一个洞了,我大概浏览了一下说明,就按照上面的表格开始组装它们。

拱门的一部分安装好后,母亲开始抽第三根烟。她嘴里叼着烟,把另外一根杆子递给我。这根杆子是用来搭建左前方部分最高处的,为了方便,下面的一半已经系好了,我把杆子使劲压进这一半。汗珠滚进眼睛里,我抓起衬衫一角擦掉。

"给,"母亲把毛巾递给我,"别把衬衫扯破了。"

毛巾已经被她的汗湿透了,擦不了我的汗,但我还是接了过来,用它拍了拍我的发际线,然后又还给了她。我说:"妈妈,把那个弯的递给我。"她停了一下,把那根很长的弯塑料杆递给我,又拿起毛巾擦了擦脸,丝毫不介意留在上面的我的汗。

我接过杆子,准备把它接在长杆子上。我向后退了一步,右脚不小心踩进了母亲挖好的洞里,整个人侧身倒了下去,脚踝立刻感到一阵疼痛。

"天啊,你到底想干什么?你知道后面就是洞啊。"母亲一直在看着我。

我没有哭,但我很想哭,不是因为脚伤的疼,虽然它的确很疼,而是因为我知道我不能直接这么告诉她,我知道她会说是我自己不小心,我知道我有输卵管妊娠的危险,但如果我足够小心,我不会失去生孩子的机会。

我没有站起身,只是把那个弯杆子推到了一边。我坐在地上,不想说话,母亲站在我旁边看着我的脚。我觉得此时什么都能说,但就是不能告诉她我原本其实并不想要孩子,也不想告诉她特里已经离开了我,我一直很伤心。还有,医生已经告诉过我,我得养好身体,直到子宫内膜异位控制住,有了足够的时间,压力也不大了,那时再生孩子才好。我很清楚这一切,但我还是怀孕了,我怀孕的目的就是挽救我的婚姻。

上三年级的时候,我有一件非常漂亮的白色衬衫,袖子上还有维多利亚式的蕾丝,有一次我穿着它在学校被石头打中，衬衫也被弄破了。本来母亲并不同意我穿着它去学校，但禁不住我的苦苦哀求，她不情愿地同意了。我被石头打中后，是奶奶把我带回去的，因为母亲当时在做头发。走进那扇玻璃门之前，我清楚地看到自己在里面的影子，有血流到太阳穴上，把头发粘在了上面。

我的眼睛哭肿了，顺着脸流到衬衫上的血也已经干了，我的脸上因此留下了一道道古怪的血痕。衬衫上的血点慢慢变黑，变成了一团脏兮兮的褐红色血块。她没有看到我，我只好扯了扯她那件亮闪闪的黑色罩衫，几乎把它扯开的时候，她才注意到我。

母亲看着我，表情里有疑惑，有关心，也有戏谑。"你干什么了？这么漂亮的衬衫都成什么样了。"她说着，好像在忍着不笑出声来。

我感觉脸颊发烧，脸像干掉的血液一样红。"你还好吗？"她问我，语气很散漫，好像半天才意识到应该关心我似的。我摇摇头，眼睛里满是眼泪。"我想得给你去缝几针。"她有些失望，好像我是故意这么做的。

虽然知道脚踝过一会儿肯定会肿起来，几个小时后会变得青一块紫一块，我还是站了起来。我抓过那根弯杆子，把它插进插槽里。

"你还好吗？"熟悉的散漫式"事后关心"从我的头顶

传过来。

"没事儿,妈妈,把锤子递给我。这边差不多好了。"我试着用高兴的语气说话,但说出口后,明显带了受挫的情绪。

母亲弯腰把最后一个洞里的杂草猛地拔掉,她的双腿肌肉发达,被太阳晒得黑黝黝的,胳膊上的静脉也高高鼓起,总体看起来很年轻很健康,完全可以再生孩子。但就在此刻,事情发生了。

她又拔了一根草,然后突然停下来,弯着腰捂住肚子,然后一言不发地跪在地上抬头看我,眼神里满是恐慌。我把杆子扔到地上,跪在她旁边。

"妈妈,怎么了?出什么事了?"我扶着她的胳膊问。

"我得了妇科病。"她说,在"妇科"这个词上音调加重。

"啊。"我犹豫了一下,又问,"我的意思是,什么病?"我帮着她站起身,朝屋子里走去。椅子上全是鲜血,她裤子的一半都被血浸透了。我感觉自己的脸变得冰凉苍白。

我们朝屋里走,她气喘吁吁地解释道:"最近我的身体越来越差了,动不动就这样流血。我得回去止血。"她走进卫生间,关上门说:"贝姬,帮我拿能换的衣服来。"

我在她的抽屉里一通翻找,找到了一条干净的短裤和几条裤子。她把门拉开一条缝,我把衣服递给她。她又说:"把我的手提包和无绳电话拿过来。"

"妈妈,要不我打电话找找谁?"我手里拿着电话,站在卫生间门外问母亲。

"不,我自己打。把我的手提包拿过来就行。"

从卫生间出来的时候,她还是直不起腰,眼睛里满是泪水。"你确定吗,医生?"她对着电话说,"好吧,我很快就去。"她挂掉电话,把电话递给我,又说:"贝姬,我们得去医院,我得做个手术。"

"什么?手术?你怎么了?"

"我一直在考虑把子宫切了,看看我最近经历的这些,医生觉得我们耽搁得太久了。"我扶着她的胳膊,帮她坐进车里。

那天晚上,我到她病房看望她时,一个护士刚好在里面。"嘘!安静一点儿,她刚做完手术,正在休息。"护士悄声说,声音很严厉,我觉得在我发出任何声音前,她就会把母亲吵醒。我没有说话,在床边坐下来。床边放着一棵塑料植物,我扯了扯它的叶子。房间里很冷,窗户也很小,窗帘是灰色的,看起来硬邦邦的,刚好遮住窗户,好像这样能让窗户看起来大一些似的。电视机是关着的,但房间里仍然有沉闷的嗡嗡声,我很想离开。四周墙壁是用炉渣砖砌成的，让病房看起来很像是挂上了软垫子。病房里只有一盏阅读灯，吊在母亲的头上方。母亲的脸苍白凹陷，但不知道怎么回事又让人觉得它很肿胀。

外祖母坐在我旁边的椅子里读一本爱情小说，小说封面上有一个穿着白色棉布裙子的女人，她一侧肩膀上满是褶皱，金色的长发随着风拂过她的脸。她靠在一个男人胸前，男人很高大，看起来体格是女人的两倍，他皱着眉头，一只手放在屁股上，好像战胜了敌人的山中之王。

"一切都顺利吗？"我悄声问，声音比护士的还要轻柔。

"他们说她没啥事儿，急性子宫切除和常规的没啥区别。"外祖母说完继续看书，我盯着熟睡的母亲看。

拆线几周后，她的伤疤仍然是红色的，周围的皮肤向上吊着，向伤疤处延伸。她还特意指了指，于是我看到医生们把她的阴毛也剃掉了。她光着身子，看起来光秃秃的。伤口是竖着的，伤疤深深地探进了她的皮肤，周围都肿了。

"看看，从肚脐眼开始到下面。"她站在屋子里，撩起睡衣，看着门上的全身镜说。"我已经进医院做过两次手术了。"她从镜子前转过身，放下睡衣，又说。

我还是第一次知道这些。之前她或许告诉过我这些，但我不记得她还有另外一条疤。

"第一次是生你的时候，那次我差点儿死掉。我已经做过两次紧急手术了。"她说这话的时候瞪着我，好像我应该给她道歉。

"你差点儿因为我死掉？你不是说，因为我是个女儿，你很开心吗？你还告诉我，直到他们把我的屁股放在你面前让你看，你才相信自己有了女儿吗？"我很喜欢回忆这一段故事。

她把头发梳到后面，用手指使劲地揉着它们，然后拿着梳子说："我的确让他们把你的屁股放在我的面前。我也确实很开心，终于有了一个小女儿，虽然我还看不清楚你。后来，他们把我的输卵管扎起来，但没有托我的肚子。"

"为什么他们要这么做？"

"我那时一直在咳嗽，他们应该把我的肚子托起来，防止伤口破裂，但他们没有这么做。所以，伤口不断地破开，我就不断地流血。他们就是想让我死掉。我一直跟他们说，我觉得不正常，肯定有什么地方不对，但他们不听。"

我打断她说："为什么他们不听？他们难道不知道吗？"

"唉，那时我浑身发肿，像一个癞蛤蟆，但他们却告诉我，生完孩子这样是正常的，还有类似的完全没道理的话。我告诉他们，我很清楚生孩子是什么样的，这可是我的第三个孩子了。但他们不听我的，直到护士来给我量血压，才发现我快流血流死了，这才做了紧急手术抢救。"

我盘腿在椅子上坐直身子。

她重复说："我都快流血流死了，但那些护士却看着我，好像这很正常一样。"

我抓住身边已经完全装好的拱门，把它举起来。母亲把另外一边举了起来。她终于又能到院子里干活了，但现在几乎所有生命都已经绽放完毕，小院要迎来冬天了，我们得做好准备。"贝姬，我想趁天冷之前把拱门装好，明年春天紫藤就能爬上去了。"母亲说。我们把拱门斜放在挖好的洞边，然后再把它放进去。因为它太大了，放进洞里的时候得有个人扶着，然后另外一个人把洞周围填满土。我自告奋勇去填土。

"把水管拿过来，把这些土浇一浇，它们会变得和水泥一样坚硬。"母亲指着堆在房子一侧的水管说。

我把水管重新接到水龙头上，把小车推到花坛边，母亲正扶着旁边的拱门。水很凉，它撞击完坚硬、带裂缝的地面后，并没有马上浸入地下，而是溅到了我的双腿上。

我把泥巴铲进洞里，然后跪下，在上面铲了一些干一点儿的土，又拍了拍。

"现在可以了。"她说，然后放开了拱门。

这项工程很成功，再过一年左右，白色的塑料拱门上就会缀满漏斗状的紫色花瓣。但是，我还是没有告诉她。

我到她身边坐下，她已经开始抽烟了。

"妈妈，对不起……"我开始说，想把涌出的泪水憋回去。奇怪的是，母亲看起来却很放松，她懒散地靠在摇椅背上摇晃着。"我知道你对一个女儿寄托的希望。"我接着说。

她却停下来，双眼直直地看着我说："亲爱的，你就是我期待中的样子。你独立，充满活力，已经拥有了我期待的一切。"说完这话，她又靠在了椅子背上，她眼睛望向小院，继续说："不要理会你那个傻子丈夫。现在的医生能让你实现你想要的一切，如果你真的想要孩子，有一天你会有的。看看我，虽然经历了那么多磨难，现在不还是活着在讲话吗？"

"你不懂。"我抗议说。

"我知道你们两个相处得不好。整个周末他都没有打电话，甚至都没有问问你好不好。你已经不需要他了，不过这一点还是值得庆幸的。我刚结婚的时候可不是这样。"

"我不是说这个，我是想问，你怎么知道我的孩子没了？"说这话的时候，我试着让语气变得悲伤些，但说出来后却是硬邦邦的，声音还有一些沙哑。

"三个月前你告诉我你怀孕了，但从那之后，你就再没有谈论过这件事。刚开始我想是因为你刚怀孕身体不舒服，但后来你完全逃避这个话题。另外，你的身形和我差不多，如果是三个月，你应该已经显怀了，肚子看起来会很大。"

她咧嘴笑着说。

"妈妈,我永远都不会有孩子了。"我脱口而出,带着怒气看着她。

"你真的想要孩子吗?我的意思是,你现在已经拥有很多东西了。看看我,看看我的身体所经历的一切。当我像你这么大时,我觉得孩子和丈夫就是我能选择的一切。但是你不一样,你可以选择。"她说完,吸了最后一口,把烟灭掉。

我简直不敢相信这是母亲说出的话,她让我学习芭蕾、钢琴、踢踏舞,还有其他所有能尝试的东西,想把我变成一位优雅的淑女,长大后可以嫁一个好老公,生几个孩子,然后让孩子们继续这样的生活。

她身体向后一仰,把脚放在门廊的柱子上。"你想要孩子,可能只是为了证明一件事。"她笑着说。

我没有哭,也没有尖叫,靠在摇椅背上,拿走了她一根烟。

"我只是觉得有个孩子会……"说到这儿,我停下来,使劲地吸了一口烟。

"是啊,我们都这么想过。现在,我很爱你们几个,我可以直接告诉你,孩子解决不了任何问题。"

即使我们吞云吐雾,一股花香仍然弥漫在黏糊糊的空气中。在黑土和周围绿色藤条的映衬下,白色的拱门显得非常白。我想到了流产的那天，早上六点，我的脚就开始抽筋，把我痛醒了。在那之后的一周里，我满脑子都是性，虽然我并不想做爱，也不想靠近特里。

"我觉得我的激素有点儿失调。"我对母亲说。

"你可能马上要更年期了。"她哈哈笑起来说，我也跟着她笑出声，但不是因为这句话多有趣。"我觉得我可能不会经历这个。"她又说，听起来像是要转换话题了。

我用大拇指和食指拿着香烟，感觉有些尴尬，于是抱怨说："今年我房子边上的蛞蝓真烦人，黏黏的老东西，真是受不了了。"

"往它们身上撒点儿盐，它们就会缩成一团，自己跑了。"听她这么说，我觉得自己就像莫顿盐罐上的女孩，只是头顶上没有雨伞保护，手握的不是盐罐而是自己的命运，当然也是母亲命运的再现。我想到自己小院里那些买来的紫藤，都快要枯萎了，于是朝她借一把修剪用的剪刀。

"当然可以。你看我这儿的藤条都长疯了，我都忘记它们已经长了多久了。"她站起身，拿起一把大剪刀，剪掉了一个叶子繁茂的枝条和一个花苞，然后递给了我，"别跟我说谢谢，否则藤条就会枯死。"

"为什么？"我接过剪刀，在手里转着它问。

她耸耸肩，说："老妇之谈。"

罗伯特：在写作的过程中，我们必须持续寻找表达欲望的方式。故事的发展一定是有前因后果的，所有的情节必须源于人物的欲望，他们渴望什么，有什么目标，需要什么，等等。欲望以及人物如何越过各种障碍实现欲望，都可以让故事变得复杂。

现在，我们用间接的、人为的分析方法来看布朗迪的这个故事。在花园里种东西，这个行为本身可以作为人物不孕症的隐喻，但不孕症本身就有问题，它并不是欲望。故事中的欲望其实已经呼之欲出，只是作者没有找到一个清晰的、容易让读者理解的方式表达出来。最难理解的一个地方就是这个拱门的修建，它并没有和故事本身形成隐喻性逻辑。另外，故事中最重要的因素却是用倒叙表达的。

故事的叙事者是贝姬，她觉得妈妈不看好她，觉得她做事没有效率，简直一无是处。故事背景从第三页的下面开始，之后又持续了两页，主要是回忆以前女儿和母亲在花园里干活的情景，母亲对贝姬的评价却只占了一小部分，所以很难形成"困境"或"伤害"。我觉得，应该在背景描述中添加一个场景来增强伤害的效果。

另外，父亲开车经过小院，这件事也是很重要的，但故事中却一笔带过；母亲批评女儿，却都只是一些小事；母亲切除子宫手术的回忆和女儿因流产而感受到的痛苦是割裂的，没有任何联系，女儿一直是一个旁观者；母亲是什么时候意识到自己有妇科病的，文中没有提及；在故事结尾，我们看到母亲其实很早就知道了女儿流产的事情，流产其实并不是一个秘密，但为什么此时母亲的态度突然转变，变得对女儿很有耐心，很满意，这种转变看起来并不可信；故事以能修剪藤条的剪刀结束，读者确实也感受到了感官高潮，但这并没有改变故事本身。

但从整体上看，故事已经接近真正的欲望了。它一定出自作者最强烈的情感，这个欲望一直在边缘处鼓动翅膀，展翅欲飞。一般来说，故事的开篇会准确表达出人物欲望。而这个故事中的第一次倒叙确实非常有力："不管我多努力想要成为她那样的女人或是她期待中的女人，我都做不到。"

那么，如何让这个故事"翻转"过来？就要从现有的"问题"中寻找故事的动力结构，一种因为这些问题而生发出的结构。女儿一直被母亲批评；她流产了，以后再也不能有孩子了；母亲做了子宫切除的手术。这一切的背后隐藏了什么？有什么深层次的问题？肯定是身份认同，这是文学作品中的一个普遍主题。具体说，就是作为女人意味着什么？什么是女性？这里的欲望就是理解作为女人意味着什么。是的，就是"我渴望找到自己，渴望作为女人得到认同"。作为女人的她流产了，不能再生孩子了，这就是故事中所有"问题"体现的女人的自然欲望。

现在我们从小院开始分析。首先要找到她在花园里所做的事情之间的联系，也就是这些事情与"身份认同"这个欲望之间的深层感官联系。我又要用分析性的语言了，这样我们就能理性地找到故事需要的场景。当然这并不是欣赏作品的正确办法，只是此刻是可以的，毕竟我们是在学习。分析她在花园里的动作有助于确定故事需要的东西。

拱门和"身份认同"这个欲望有什么联系？拱门是一种"入口"，一种开口，一种女性化的物品，可以暗喻女性的身体。当然作者的本意可能不是这样，这只是一个传统的文学暗喻，所以还要注意。我这么说是为了让大家理解欲望与故事结局之间的联系，并不是鼓励大家这么写。前夫离开后，她们就开始在院子里种东西。于是，女人与男人就产生了冲突，男人禁止花园的存在，男人可能会在院子里种一些其他东西，比如玉米和大豆。但花园的存在确实是女性对自身的维护。因此，这些因素必须以某种方式在故事中实时显现出来。

或者可以让拱门的说明书规定一下拱门的位置，因为这个位置可能会影响小院的整体美感，然后贝姬就一直在找这个位置。但文中的说明书并没有提到这些，已有的动作中也没有涉及。我们知道这个位置很重要，但却不知道它应该在哪儿。女儿有很可怕的事情要告诉母亲，文中提到了父亲曾开车经过这里，其实这时就应该是一个机会。

或许应该在这里设置一个场景？我不知道，要根据前面的内容思考一下。

或者应该让读者看到母亲是什么时候得的妇科病。她的身体很完整，没有受到任何损伤，女儿不知道怎么告诉她流产这个坏消息，或者她最终说了，母亲觉得很惊骇……无论怎么样，首先要让母亲生病住院这件事进入故事中。母亲突然要紧急手术，要把子宫切除，这样母亲和女儿就有了相同的经历。母亲总是批评女儿，认为她对女人的理解是不对的，她们之间的紧张关系就是因为对这个问题的认知不同，所以我们要把女儿对坦白流产这件事的恐惧感扩大化、戏剧化。

母亲的子宫切除后，她和女儿在病房里发生了什么？在这里，有很多东西都可以"梦"出来。可以把故事设计成女儿告诉了母亲这个消息，母亲的反应很强烈，母女最终和解。也可以设计为女儿觉得可以把失去孩子这种痛苦和母亲一起分担，虽然听到消息后她会很震惊。如此一来，故事在瞬间就会出现复杂的关系和人物反应。

那么，故事结尾是否要再次提到拱门呢？我不知道。我们现在要找到一种方法，让故事中的问题变成欲望，然后欲望再通过某种方式找到自己的轨迹，通过这种方式，故事中的所有因素都可以串联在一起，帮助母亲和女儿一起探索作为女人的意义。其实我很讨厌现在这种分析故事的方式，但你们知道我为什么这么做，对不对？如果你觉得不对，可以更正我，也可以忽略我说过的话。但无论怎么说，所有的故事都需要找到这个方式，才能绽放出华美的光彩。布朗迪，这篇故事大体上还是不错的，我觉得写好的话，会是一个精彩的故事。你现在要做的是找到里面的问题，把它们转化为一个动力结构，让读者明白故事中最重要的东西。

乔斯林：你提到了"隐喻性逻辑"，逻辑怎么会和隐喻有关，或者说，我们写作的时候是否需要"逻辑"这东西？

罗伯特：这个短语的意思是，我们要用隐喻的方式来运用逻辑。也就是情感逻辑、精神逻辑和审美逻辑等。任何一个叙事的背后都有一个普遍的原则，那就是欲望。一旦欲望推动人物向前走，考虑到这个欲望、人物的能力、人物所处的环境和所经历的事件、各种各样的阻碍，就必须有逻辑，什么因素可以进入故事，什么因素不能进入，都是要考虑的。换句话说，我们要考虑什么场景是必要的，要考虑情感和感官细节之间的逻辑。

这里提到的"逻辑"，不是普通意义上的由理性前提和智力认知产生的结果，而是一种情感的、心理的、审美的、精神的和比喻层面上的契合度。如果存在一定的条件，作者可以通过感官和梦空间做到这些，而读者也可以通过自己的感官和梦空间理解它们，那就会自然而然地产生某种结果。也就是说，我在这里描述的是一种逻辑形式，一种情感逻辑。

珍妮特：你探讨过如何选择意象的问题，我们上课的时候你也讲过。其实在读你的小说的时候，我的乐趣之一就是去感受其中不断出现的母题。有好多作家的书就没有这方面的乐趣，看的时候就是不断翻页去找接下来的情节，完全感受不到其中的母题。在写东西的时候，如果某个隐喻或母题出现在非常合适的位置，我就会感受到这样的乐趣。

罗伯特：我再讲一讲"隐喻上的逻辑"。隐喻的第一层作用当然是让感官体验变得更加生动，可以让人更容易进入想象世界，让某个时刻变得有生机和活力。这是它的首要功能。但就像小说有机体的其他感官因素一样，隐喻也有其背后的模式。你可以从读者的角度出发称之为母题，也可以认为它是对作品已有因素的重写和重组，但无论怎样，它的基本模式都要与作品中的宏观和微观模式产生交集，产生连锁反应。而且，隐喻之间的转换也要由其背后的模式之一——作品中的角色张力向前推动。

12. 瓦尔肯的那个夏天　丽塔·梅·里斯

我打开门，保罗一只手背在后面，站在最高的台阶上咧着嘴笑。他的目光越过我看向身后，把一根手指放在嘴唇上，另外一只手在身后动了动，露出来一束花。我刚看到一些红色、橘色和黄色，他的手就又背到了后面。外面很热，他穿着一件蓝色的运动夹克，脚上的运动鞋白得亮眼。走进门后，他停下来。

"你好，莉莉。"他说。

"希拉在客厅和孩子玩呢。"我告诉他。

我给格雷西穿衣服的时候，希拉又是挠她痒痒，又是扮傻逗她。希拉是我的姐姐，格雷西是她女儿。大家都说格雷西长得像我。

我坐在餐桌边穿网球鞋。这双鞋已经很烂了，上次我告诉妈妈我需要一双新网球鞋，可她现在还没有把钱寄过来,再等等吧。我听到保罗和希拉逗孩子的笑声,听到他们亲吻的声音。希拉肯定还没给格雷西穿好鞋子。果真,进到客厅后,这孩子穿着袜子的两只脚丫在空中晃来晃去,抬头看着正在亲吻的保罗和希拉。看到我后,希拉一手拿着花,避开我的注视,从我身边走过,去了厨房。我听到她抱怨了一声,应该是因为厨房的水。保罗直视着我的眼睛,故意咧嘴笑着。他的眼睛是浅蓝色的,像一汪浅浅的水。

"她很漂亮,是不是?"他问我。

她确实很漂亮。一头棕色的长发顺滑如丝,我经常拿梳子给她梳头。今年夏天我可能要一直住在这里了。今天,她把头发束在了后面,身上穿着一件白色的背心裙,上身绣了很多白色的小雏菊,还有一些小孔,胸前有一竖排白色纽扣。她一直都很漂亮。我耸耸肩。

"她的屁股也很漂亮。"

"闭嘴,保罗。"姐姐在厨房里大声喊,我听到了哗哗的水声。

我坐在沙发上,抓住格雷西的一只脚,把小小的运动鞋扭上,再抓住另外一只,把鞋往上套。格雷西的小手抓着已经穿好的第一只鞋,盯着我看。

"早点儿知道爱对她有好处,不要像……"

我没有抬头,只听到他的声音慢慢向厨房飘去。他们俩在说悄悄话，我在这里听不清楚。

我不知道希拉提到她丈夫的名字没有。每周的周二和周四下午，她丈夫杰克会出去工作，希拉在社区大学的老师保罗就会来，这个时候我们从来不提杰克。每到这个时间，杰克似乎就消失不见了，真不知道他回来后会发生什么。我在想，我们中的某个人会不会在某一天也消失不见。

我背起格雷西往外走，她不断拍我的脸，身上带着一股婴儿的味道，很像新鲜的面包屑。她的两只小手黏糊糊的，但我不想停下来给她洗手。

走到台阶中间时，保罗叫住我，给了我五美元，说出去时有想买的东西可以买。然后，他用他正方形的手捏了捏格雷西的脸说："要乖乖的。"

我在瓦尔肯只待了几周，但我对这里的每寸土地都很熟悉了，但这可不是说这是个小地方，它至少比我和姐姐的故乡大。我们的故乡是西弗吉尼亚州的沃尔夫佩恩，这个地方在地图上找不到，至少在我见过的地图上没有。这里只有大约五十户人家，只有一个红绿灯和一个加油站，再没有其他东西了。它离瓦尔肯只有二百一十九千米，但希拉却觉得她好像到了另外一个半球。她一年前搬到了这里，之后一共才回去过三次，最后一次是接我来帮她带孩子。

12. 瓦尔肯的那个夏天　丽塔·梅·里斯

瓦尔肯的最西边有一家吹制玻璃厂，离 20 号高速公路大约一千六百米。市中心有一座图书馆、一个警察局、一家卖蜡烛和小摆件的商店，还有一家店叫"迪伊阿姨的被子"，我最喜欢的就是这家商店，它的橱窗上写着"手工缝制"，里面总是飘出一股苹果派的味道，我总觉得"迪伊阿姨"会给我或者很少来这里的顾客做一块吃。后来我才知道，这股味道来自商店后面小桌子上的香薰蜡烛，小桌上摆了许多相框在卖。"迪伊阿姨"什么都没给我做。我和格雷西第一次来时，她还轻声细语地和格雷西说话。但后来我们再来时，她看我的眼神就好像我要把一条被子塞进 T 恤衫，或者我会掏出一罐子黑色喷漆，在过道上走来走去，把她所有漂亮的被子都染成黑色。

我喜欢和格雷西一起看店里的漂亮图案和颜色。我最喜欢一条双层的蓝色婚礼被子。这个夏天结束后，姐姐会付给我看孩子的报酬，我打算用这笔钱买这条被子，应该刚好够，所以每次来店里我都要确认这条被子在不在。

出去买东西的时候，我总是假装在给自己的家买东西。等我长大了，我会有一个很漂亮的家，格雷西那时会和现在的我一样大，会在下午来我家找我聊天，让我给她建议。她会告诉我她和妈妈的关系不好，我当然会听，但我绝对不会说姐姐任何坏话。格雷西肯定不会和我讨论自杀之类的事情，因为她知道，如果她愿意，她可以随时来我这儿倾诉、发泄。她一定很聪明，知道事情只要聊开了就可以了。格雷西总是挥舞着小手，想和我一样去摸被子，但我不允许她这么做，我可不会让她的口水或其他什么东西抹到人家的被子上。

今天我和格雷西进去的时候，索菲娅也在，她坐在柜台后面看书。我把婴儿车放好，在索菲娅边上的凳子上坐下来。她没有理我，还在看书。然后我就看到一个穿着牛仔短裤、扎着马尾辫的黑色卷发女人正在轻轻抚摸一条被子。我坐直身子，想看看她光溜溜的腿。她在一条深蓝色被子和一条碎花被子中间走着，脚下的地板嘎吱嘎吱地响着。深蓝色被子上有许多亮闪闪的黄色小花。碎花被是大片的红色、橘色和黄色，还有金色的亮条纹，布料中夹杂着丝绸和天鹅绒，看起来很像我在学校看的戏剧里的一件演出服。穿这件演出服的男人扮演一位诗人，他总是直接上台，说一些令人震惊的话，然后下台。舞台上的其他人不和他说话，甚至连"闭嘴"都不会对他说，他只管说自己的。我没看懂这部戏剧是为了表达什么。

她走到柜台前告诉索菲娅，她想要那条碎花被子。被子挂在房顶的一根杆子上，索菲娅搬了一个梯子过来，把被子从杆子上拖下来。女人盯着她看了一分钟，我能闻到她身上的香水味道，都盖过了屋子里的苹果派味，她看起来很有钱。格雷西在婴儿车里扭动着身体，我把她抱出来，让她玩塑料书和一串很大的塑料钥匙。女人朝我们笑笑，我故意不理她。索菲娅喊我帮忙，她要把被子折起来。我准备把格雷西再放到婴儿车里，但女人却问我能不能抱抱她。她低声细语地和格雷西说话，让她在膝盖上蹦跳。我帮索菲娅把被子叠起来，好方便带走。索菲娅朝我做了个鬼脸，我们面对面站着，双手一会儿重叠，一会儿又分开，被子每次都变小了一些。

女人把孩子递给我，说我的女儿很漂亮。我不想更正她。她走之后，我告诉索菲娅我会想念那条被子。索菲娅示意我跟她走，我们朝里屋的门走去。她用夸张的动作一把推开门，我看到许多箱子堆在一起，足有一米五高，每个箱子上都是被子，它们装在塑料袋里，跟前面卖的那些一模一样，那条碎花被子也一样，也在一个箱子上放着。我说："我以为它们都是手工被子。"索菲娅说："是呀，不过是巴基斯坦人做的。"她一边说，一边又把门关上了。

"那你刚刚干吗不直接从后面搬一条给她？"

"她那时都不太想要那条被子呀，傻瓜。"

婴儿车里的格雷西开始哭，还使劲地踢着小脚。她是一分钟都不能离开我。我抱起她哄她，想让她安静下来。索菲娅回到柜台后面接着看书。我告诉她我们要走了，她嘟哝了一声，懒懒地摆了摆手。我们出门的时候，她头都没抬。

格雷西摇着头看着四周，好像她的什么东西丢了，她不停地哭。我把奶嘴放在她嘴里，她把它吐出来。有时候我会想，如果我离开她几个小时，不管她了，我的日子应该会好过一些。我想象着干脆把她放在小镇广场的凳子上，两个小时后回来，她还好好地在凳子上酣睡。如果有一个能上锁的柜子就好了，我就可以把她放在里面，她会很安全。柜子上再装一个按钮会更好，你一按，她都不会感到害怕或无聊。

我们走过一个大药房，一个女人走出来紧紧地盯着我，好像是我把孩子打哭了。走到药房的橱窗外时，我停下来，把她从婴儿车里抱出来，对着她的耳朵轻声说"闭嘴"。她停止哭泣，盯着我看了一秒钟，红彤彤的脸蛋被眼泪打得湿漉漉的，她好像听懂了我的话，但很快她又哭起来，而且声音更大，身子在我怀里弹跳着，好像这样就能跳出去似的。我捏了捏她的小腿，低声说，真应该把你塞到垃圾箱里。她突然趴在我身上，靠着我的肩膀哇哇地哭，好像她的最后一个朋友离开了她。我很难过，把双臂松开些，轻轻地抱着她，在她耳边尽量温柔地喊着她的名字。

她不哭了，眼泪消失之后，她又猛地吸了几口气。我透过橱窗上的海报和陈列品间隙朝里看。店里只有一个女人在柜台后面坐着。我把里面的卡片都看了一遍，心里想着要不要给妈妈买一个，上面写上"思念你"，但又感觉自己在撒谎。或者给希拉买一个，上面写上"送给伟大的姐姐"。但她如今在我心中不伟大了，或许她会觉得内疚，然后变回原来的好姐姐。

然后，我带着她进了图书馆。她安静的时候，这儿是我们最好的休息场所。我会拿一本书让她啃，她就不会哭。我们坐在房间的最后面，因为怕她把书啃湿，我不断地给她换书。只是她会把很多书都扔到地上，真是烦人。这儿的人都很好，上周我还办了一张图书卡，给格雷西借了一些童话书，给我自己借了一本《赞米》（*Zami*）。书的封面是橘色的，有一个女人站在一片岛和一座城市之间。我看了看希拉给我的表，刚刚四点，回家还太早。但是我很累了，我想回去。

回到家的时候，保罗的旅行车还在门口停着，车门没锁。我想把格雷西放在车的后座上。她睡着了，我抱着她。婴儿车脏兮兮的帆布座位上放着我借的书。但她还没有睡熟，把她往座位上放的时候，她的小脸皱了起来，小小的身体很烫，很沉，还发黏。我可以抱着她坐在车里看书，或者把她放在车里，把车门锁上，我自己去散散步。我不知道现在要不要上楼去，也不知道姐姐他们在干什么。

格雷西舒了口气，她还不知道我们已经到家了。还好我有钥匙。我把婴儿车放好，把里面的书放在台阶上，然后抓起后面的尿布袋子，悄悄地顺着台阶往上走，格雷西又低声哭起来，我哄了哄，她安静下来。姐姐他们可能在卧室里，我只要偷偷溜进屋里就行。我打开门，踮着脚尖往前走，顺便看了看左边，卧室门是关着的。我把尿布袋放在厨房的桌子上，格雷西却突然大声哭起来。

他们在客厅，确切地说，是在客厅的地上，只是没开灯，所以我看不到他们穿没穿衣服。格雷西哇哇大哭，我把她抱到婴儿床里，想把一个瓶子塞给她，但她把瓶子从脸边打开了。我不停地说，嘘嘘嘘，但她一眼都不看我，眼睛像探照灯一样看向四周。

"她怎么了？"姐姐突然出现在我身边，抱起了格雷西。小婴儿哭得打起了嗝。

我很想说，她想要她的妈妈。这是我最先想到的话，也是我第一次有这种想法，但我不想承认这个事实。

于是我说："她应该是发烧了。"

希拉抱着格雷西在屋里走起来，她摸摸自己的额头，又摸摸格雷西的额头，哄着她。格雷西不哭了。

我走进客厅，保罗坐在沙发上看杂志，听到我进来后，他抬起头。

"来，我们聊聊天。"他拍拍身边的沙发说。我在沙发边的椅子上坐下，看向他身后的窗户。

"玩得开心吗？"他问我。我想是不是应该我问他这个问题。我耸耸肩,他盯着我的脸看。

"你今年十六岁了,是不是?希拉告诉我的。"

我低头看着地板,想到他们刚刚还躺在那儿,做的那些事儿我都不愿意去想。

"我们应该多点儿时间单独相处一下,也好互相了解一下对方。希拉总是提起你。"他一边说,一边朝我的椅子挪了挪。

我看着他。为什么我觉得他在说谎?他的希拉压根就不了解我,这可能是我觉得他在撒谎的原因。

"我想多了解了解你,莉莉,你是一个神秘的女人,一个优秀的保姆。"他靠在沙发扶手上悄声说。他的脸上挂着笑容,好像他告诉了我一个了不起的新闻。

"当然可以。"我说。

"你想要什么?"他问。

"什么意思?"

"嗯,就是你想从生活中得到什么?"

"你是说我长大后想做什么?"大人们都喜欢问这个问题,好像他们在做问卷调查似的。

"不是。谁都不知道自己长大后想要做什么,即使有人知道,我管他呢。我是想问,你现在想要什么?莉莉想要什么,我是说现在。"他用手指着我的胸,指尖离我的胸只有几厘米远。我缩起肩。

我耸了耸肩。他又说:"每个人都有想要的东西。"

我心里想着姐姐什么时候能来客厅,她正在给格雷西唱歌。

"你为什么想知道我想要什么?"我决定不能像对其他大人一样对他友好。

"如果知道某个人想要什么,就会知道他是什么样的人。我想知道你是什么样的人。"

"你想干什么?"

"刚才不是说过了吗,我想了解你。"

"你了解我姐姐就够了。"

"莉莉有爪子呀,真不错。这样吧,莉莉,你的三个愿望是什么?"

愿望?这就是他在社区大学里教的东西吗?

"世界和平。"

"不是吧,你在逃避话题。"

"世界和平又没什么错。"我坐直身子说。他好像故意用温柔的语气说话,好让说出来的话更流畅、更无法逃避似的。

"无聊。"

"我就是希望这世界上的每个人都开心,包括我自己。"我知道自己不想不开心,但也没有想去改变什么。

"你他妈的还真是一个女童子军,是不是?"

"如果所有人都不开心，只有你开心，那么他们就有理由让你不开心。所以，保证自己开心的唯一方法就是让身边的所有人都开心。"这是我一边想一边编出来的，我觉得自己说得很对，我很喜欢这个说法。

"没有人会永远开心的，莉莉。"他把手放在我的手上，好像在安慰我。我盯着他的手看。

他靠得更近了，声音变得低沉。"你还是处女，对吧？"

我站起来，走到卫生间，把门锁上。姐姐还没有开始洗澡，她现在在卧室里。她一般要等保罗洗完之后自己才洗。有时我回来的时候，她已经洗完了，穿着睡衣，头发湿漉漉地陷在沙发里听歌，她还在老家的时候就在听这些歌。

我把身上的衣服脱光，把它们堆在地上。我盯着医药箱上的镜子看，听到他们在外面说再见，他们用了很长时间才道完别。我希望卫生间里能有一个全身镜，这房子里只有一个全身镜，在姐姐和杰克的卧室里，他们不喜欢我去照镜子，照镜子的时间稍微长一些，他们就觉得我很可笑，或者只有杰克这么想。

希拉咚咚地砸着门喊："让我进去，我得洗个澡。"

"我已经在浴缸里了。"我开心地喊。

"那就出来！"

"你是不是得先给杰克做饭？"

她又砸了一下门才走。

在这个镜子里，我只能看到自己的腰。有一次，我把一个小梯子搬进来，站在上面照镜子。

这次，我一直能看到膝盖以下，我觉得自己像是一幅画，或者应该有人把我画下来。我把梯子往外搬的时候，杰克发现了我，然后一直问我拿这梯子干什么。

我不喜欢我的脸，但很喜欢我的身体，我知道像我这么大的女孩不应该有这样的想法。我的脸轮廓太明显，如果光线不好或拍照拍得不好，看起来就会很凶，而且脸色总是很苍白，还总会冒出一两个痘痘，就好像我的皮肤下面住着一个魔鬼，每天定额地往我脸上放这些痘痘似的。我的嘴唇跟希拉的很像，不抹口红很难引起人的注意。我的下巴有些尖，鼻子有点儿大，眼睛不像她的棕色的眼，倒很像小狗或其他什么东西的眼睛一样，很温柔，说不上是什么颜色，有点儿灰，有点儿蓝，有点儿绿，也带点儿金。有一次吃午饭排队，一个一身黑衣服的高个子女孩盯着我的脸看了半天，突然高声喊："你的两个眼睛颜色不一样，真是奇怪。查伦，快看，快看，一个是蓝色的，一个是绿色的。"于是，他们都盯着我的脸看，我当时不知道怎么办，就那么直直地站着。最后那个女孩总结说："你肯定是个魔鬼。"那天吃完晚饭后，我跑到女厕所里，把脸凑到镜子前使劲地看。

我很喜欢我的肋骨，它们像一排轻柔的波纹一样藏在皮肤下面。还有我的小肚子和肚脐眼儿（我觉得它不是一个"眼儿"，而是我身体里的一条小隧道，我常常想象着自己赤身裸体站在外面，微风穿过它，一直吹到我身体的中心）。还有乳房，我能用自己的手掌盖住它们。我也喜欢我的锁骨、我的肩膀、我的两条胳膊，随便摆个姿势，它们就像油画或照片里的女人似的。我常常想象自己是某个艺术家的模特儿，很勇敢地摆个姿势，一摆就是好久。

我往浴缸里倒了热水，把希拉的红色沐浴油珠放进水里，看着胶囊皮慢慢软化，里面的油像害羞的小学生一样偷偷溜出来。我弯腰慢慢进入热水里，我得让身体慢慢适应。我用澡巾盖住阴毛，黄色的方形澡巾几乎盖住了我的胯骨。我躺在水里让身体放松，澡巾漂走了。

在家的时候，我常常在希拉洗澡的时候坐在卫生间里陪她。有时候我还会给她搓背，她会告诉我在她的学校——斯通沃尔杰克逊高中发生的事情，我长大也会去那所学校。她会告诉我，谁喜欢谁，谁爱穿什么，谁又胖了（一般是丑女生变胖，漂亮女生怀孕）。

我抬起手腕，忘记把手腕上希拉的表摘下来了。于是我打开手表黑色带子上的银扣，倾身把它放在马桶盖上。我常常借希拉的东西，现在也很喜欢戴她的表。手表带子太紧了，把我的手腕勒出一圈白色的凹痕。

姐姐有时候会坐在浴缸里哭。有时候她会允许我坐在里面，有时候她会在里面朝我大喊，让我出去，还大声叫我的名字。我记得在她刚上高二、我刚上六年级的时候，有一次我坐在马桶盖上不停地对她说啊说，我告诉她我的老师克莱因对我的画的评价，告诉她我受不了一个女生了。浴缸上的小窗户开着，浴室很温暖，我能听到外面蟋蟀的叫声。姐姐静静地坐在水里，盯着往下滴水的水龙头。

"没人在乎你说的这些。"她最后喃喃道。我有点儿难过，于是不再说话，只看着她。她长长的棕色长发湿湿的，像帘子一样覆在她苍白的、长满斑点的肩膀和背上。她的脸上有很多雀斑，还有两颗很大的痘痘，她的鼻子上有一排黑头。她抱紧了膝盖，让它们贴着她的胸。

"你他妈的是变态啊，别盯着我看了。"她慢慢地说，但是没有扭头看我。

"我怎么了？"

"每个人都困在自己屎一样的生活里。你在这儿不停地说啊说啊说，他妈的说的啥，啥也没说，跟其他人一模一样。没人会在意你的那些破事儿。"她把头放在膝盖上，浑身颤抖着，浴缸里的水也在颤抖，我听到她不断地在低声重复"他妈的没人会在意"。我站起来，想去拍拍她的背，但又有点儿不敢。

她抬起头，咆哮了一声"滚出去"，又把浴缸里的水往我身上泼，我的裤脚、地板，还有她堆在地上的衣服都湿了。

我向前伸直一条胳膊，看着水珠从上面滚落下来，耳朵能听到姐姐正跟着马文·盖伊哼唱。我放下胳膊，握紧拳头，通向手掌的静脉后面出现了一个窝。这些静脉携带着血液一路向心脏奔去，动脉又携带着经过心脏的血流走。我很喜欢学习这类知识。希拉忽然又开始敲门，我吓得蹦了起来。

我走到桌子前的时候，希拉、格雷西和杰克已经坐在那儿了。保罗拿来的花儿放在桌子中间。我觉得很热，好像被什么困住了。希拉决定坦白了吗？格雷西状态很好，坐在高高的餐椅里一边拍着餐盘，一边喊着："啊嗯嗯嗯。"杰克正在用勺子把土豆泥放到他的餐盘里。

"你淹死在浴缸里了？"杰克问道。

希拉突然跳起来说："忘了拿黄油了。"

杰克捋了两次他的胡子，他开始吃东西之前总要这么捋两下，吃完还要捋三次。

"你是为男朋友打扮的吧？"他笑着看向我。那束花挡住了他，我只看见他半边脸，里面有一朵红玫瑰。格雷西也安静下来，看向我。

我耸耸肩说："不是。"但听起来语气没那么坚定。

"希拉都告诉我了。"

"什么?"我忙着把肉卷、土豆泥和豌豆往我盘子里放。

"就是保——罗啊。"他拖着声音把这个名字读出来,本来是一个音节的单词,现在变成了两个音节。

希拉把黄油放在桌上后坐了下来。我看着她,想听听她怎么说,但她避开了我的眼睛。

"你的新男朋友保罗啊。"杰克提醒我,"那个可怜的家伙今天刚送过你花儿,你就忘记了。"杰克笑了,"我们家的人真是善变。"他侧身在桌子下面碰希拉,希拉一脸阴沉地避开了。

"保罗。"我说,朝着我的盘子点了点头。

"你觉得我什么时候见见他好?"杰克把嘴里的东西全部咽下去后问道。还好,桌子中间的花挡住了我的视线,也挡住了他的。

"我不知道,我觉得我会做得更好的。"我瞥了一眼希拉,想看看她的反应。她没有任何反应。

"嗯,有什么东西?"他看向希拉,像狗一样嗅着空气,然后咧嘴一笑说,"你喷了新香水?"

"不是,我一直喷的就是这个。"她没有抬头看他。

他站起来想要吻她的唇。她侧过头,他只亲到了她的脸。他觉得她是为了他喷的香水,从某种意义上说,也算是。还有干净的床单和地面以及她脸上茫然的笑容。

他坐下来笑着说:"你太年轻了,还不应该对哪个男人过于认真。长大后,你会有足够的时间结婚生子。"

我又吃了一勺土豆泥,里面有很多土豆块,没什么味道。姐姐的厨艺很烂。格雷西盯着我的勺子,嘴巴一张一合,我侧身把一小块白漆样的土豆泥塞进了她的嘴巴。她一边嚼,一边发出啊哦啊哦的声音。

"保罗只想得到一样东西。"我尽可能简洁地说,感觉自己正在学校里演戏。

希拉站起身,打开音乐问杰克:"今天工作怎么样?"

"挺好的。"他朝她笑笑。他的工作和同事是餐桌上我们常常提到的话题。然后,他又看向我,收起了笑容问:"为什么这么说?"

"感觉出来的。男人如果只想钻进你的裤子里,任何女人都能感觉出来。"我坐直了身子,把头发扔到肩膀后面。

"希拉,你不是说保罗这个男孩挺好的吗?"

希拉盯着她的餐盘,我用勺子给格雷西喂了些豆子。

"今天他抓了一把我的乳房,我让他走开。"

"莉莉!"他喊了一声我的名字,语气有点儿尖厉,然后停下来,好像不知道怎么往下说,"年轻的女士,吃饭的时候我们可以不说这些吗?下次他来的时候,你叫我,我会让他认识到他的错误。"他的胸口一起一伏,肩膀紧缩着,和胳膊成了直角,好像保罗现在正在窗户外看我们一样。

我点点头。

"伊迪。"格雷西说,嘴巴里没有嚼碎的豆子掉进了面前的餐盘里,她用小手把它们拍碎,"伊迪,迪迪,迪迪,迪迪。"

"她在说什么?"杰克看向希拉。

"像是在喊爸爸。"

她其实想说的是我的名字,他们俩都知道,我没有说话。

杰克伸出手,揉了揉格雷西柔软的头发。

"你真是爸爸的女孩吗?"他站起身,把她从高脚餐椅里拔出来,然后抱着她在餐厅里转圈跳舞。她的两只小手抓着他的胡子,盯着他的脸看,然后又用手拍他的脸。

"你那么好,他根本配不上你。"我对希拉耳语说,我说的是保罗,"以后他来的时候我不带格雷西出去了。我就待在家里,我们根本不需要他。"

她的视线从餐盘上转到她的丈夫身上,他把格雷西举得高高的,转着圈跳着舞。希拉还是没有看我,但她突然哭了,然后离开餐桌,餐椅发出刮碰地面的声音。她始终没有和我说一个字。

罗伯特:我先讲讲成长故事和小说以及它们涉及的儿

童叙事者和中心任务。这类故事最大的问题是，读者很容易陷入儿童的叙述中，但儿童还没长大，他们的欲望差不多就是"长大了我会经历什么""我要尽快逃离童年时代"这类问题。

我对你们的生活不了解，也不知道二十二岁的你们是什么样的。在童年或少年时期，许多人可能都有过很大的压力或经历过一段混乱时光，毕竟那是一段由感官经历主宰的生活。这种压力包含一种年轻人都会有的挣扎，但很少有人能冲破这些挣扎的表面，深入进去，看到自己想要成为艺术家的严肃理想。从某种程度上说，在座的各位都是如此。我刚从越南回来的时候才二十七岁，然后就写了一个很恐怖的故事，你们都读过。显然，当时的我还没有准备好深入自己的潜意识中。如果那时意识到了今天说的这一切，就不会把越南那段经历作为我的写作题材了。

文学世界里没有天才儿童，写小说的人中也没有莫扎特。所有伟大的作家在二十二岁的时候，都不会有三十岁、四十岁、五十岁、六十岁和九十岁才拥有的世界观、情感经历和无意识世界。这一点对大家来说其实是个好消息，因为你们还有很多将来，还有很多要写的东西。我只是希望大家能够耐心一些，尽量去描绘你内心的愤怒，因为这样写的话，范围就相对窄一些，而这种狭窄还可以反映出艺术的真实性，写出来的作品才不会是一些简单的让人放松的东西,也不会流于表面,而是直击内心深处别人不会有的东西。所以,一定要有足够的耐心,要进入梦空间进行创作。

说到这儿,我知道你们会拿着丽塔的稿子喊了:"不是吧!不要告诉我这篇不行!"

这篇写得很好,丽塔,这个故事很不错。故事的欲望深埋在女主人公的心里。这是一个成长故事,虽然它在一定程度上限制了创作,但恰恰在这个范围内,你写得非常好。你描写了一些瞬间,让读者知道莉莉是在寻找自我认同,但这种认同远远比"我要逃离童年时代、我要度过家里这段困难时期"要大,当然这两种问题她也都有,但作者使用了一些新的方法,描写了一些很好的情节来表现这些问题,这就很难得了。

故事刚开始,读者就会意识到这是一个关于身份认同的故事。保罗站在门口咧着嘴笑,背后藏着一束花,这让读者觉得他是来找莉莉的,但很快我们就意识到他是来找其他人的,但奇怪的是,我们没有受骗的感觉。这种给读者带来的短暂疑惑暗示着要有事情发生。讽刺的是——这个讽刺设置得非常巧妙,保罗最后却想和她发生关系。随着故事的发展,这个讽刺不断被提及,一直到最后,她的姐姐居然编造说保罗是她的男朋友。如此一来,故事的开头、中间和结尾就巧妙地串联在了一起。

身份认同这个主题后面又出现了很多次，而且还被改写多次。"我给格雷西穿衣服的时候，希拉……"看到这句话，我们并没有意识到这孩子不是莉莉的，继续往下看才知道这是希拉的孩子。然后我们发现，莉莉在给姐姐打掩护，姐姐背着丈夫和情人做爱。而且莉莉照顾孩子的方式和姐姐不同。保罗跟在希拉后面，说她很漂亮，说她的屁股很漂亮。莉莉只是耸耸肩。希拉一直都很漂亮。然后就是非常精彩的场景——莉莉在卫生间里审视自己的身体。她把一个梯子搬进卫生间，站在梯子上看镜子。读到这里，我们知道了她的身体和希拉的很不同，她把自己与希拉相比，觉得自己不如姐姐，而且她还常常借希拉的衣服，或许是为了装成希拉？另外，孩子长得像莉莉。她要照顾这个孩子，姐姐的情人在追求她，而姐姐其实并不了解她。这些都是关于身份认同的精彩细节。

另外，丽塔对"诗性语言"的意识也很明显。如果一个故事写得很好，哪怕一个词都能表现出作品的主题。"我坐在沙发上，抓住格雷西的一只脚"，"抓"这个词用得特别好；接下来，"把小小的运动鞋扭上"，"扭"又是一个很棒的动词。

另外，莉莉买东西时"总是假装在给自己的家买东西"。"等我长大了，我会有一个很漂亮的家，格雷西那时会和现在的我一样大，会在下午来我家找我聊天，让我给她建议。她会告诉我她和妈妈的关系不好,我当然会听,但我绝对不会说姐姐任何坏话。"她和姐姐之间的复杂关系设置得非常好。"格雷西肯定不会和我讨论自杀之类的事情,因为她知道,如果她愿意,她可以随时来我这儿倾诉、发泄。"许多有潜力但写作态度不认真的作者,在这里可能会描写莉莉生活中不好的一面,比如他们会写"有时候我真的很想自杀"。但这里她是在讲自己的生活,怎么会讲别人?为什么她要说自己是格雷西的保护者?她是在讲自己的痛苦,但同时字里行间也传达出了她的个人魅力。很遗憾,说了这么多抽象词汇,我觉得还没有表达出作者想要表达的东西。

故事的每个对话中都含有潜台词,每句话里也都包含着潜在的意义。比如下面这句,就是很好的蒙太奇手法的例子:"他靠得更近了,声音变得低沉。'你还是处女,对吧?'"经验不足的写作者接下来会写"哦……",然后再描写一些她的反应。但这篇故事里却接着写"我站起来,走到卫生间,把门锁上"。直接切换了镜头。

情节的设置也很巧妙老练。因为保罗的话,莉莉把自己锁在卫生间,这样一来希拉就不能洗澡,于是她就只能给自己喷些香水,还必须为那束花编个故事。到此为止,莉莉已经很有信心可以利用这一切。所有情节都配合得很好。

然后是莉莉坐在卫生间里、希拉坐在浴缸里的情景。身体在这里又出现了。希拉嘲笑莉莉："你在这儿不停地说啊说啊说，他妈的说的啥，啥也没说，跟其他人一模一样。"这个瞬间很生动，很出人意料。故事的结尾又转向了现在，莉莉坐在浴缸里，像医生一样仔细地看自己的手。故事又把她拉回对自我的认知中，拉回了她对自己身体的认同中。

    然后继续是身份认同，这次是由一种奇特的角色转化引出的。格雷西说"伊迪，迪迪，迪迪，迪迪"，虽然大家都知道她是在喊莉莉，但杰克和希拉却强迫自己相信孩子是在喊爸爸。这是一个很不错的尝试，和故事的中心欲望保持了一致。

    我觉得故事结尾有一个问题。它并没有按照故事的设定去解决问题，这篇故事写的是莉莉，是她的身份认同，而不是希拉的。但故事结尾却突然插进来一个很简单的抽象性动作，是莉莉的动作，好像跟她姐姐说："我他妈的不想陪你再玩这个游戏了。"这个设计很好，但突然插入的原因偏离了故事的核心。

    最后一段的描写很有画面感，但在此之前加入一些铺垫是不是会更好？有时候，作者要放开故事，如果有需要，它自己就会回来。倒数第二段也有问题。"'你那么好，他根本配不上你。'我对希拉耳语说，我说的是保罗，'以后他来的时候我不带格雷西出去了。我就待在家里，我们根本不需要他。'"这番话没有任何暗含的意味，需要简化，比如莉莉俯身对希拉小声说："我不想再照顾格雷西了。"我觉得在这里说得越少越好。接下来的部分就写得很含蓄，写得很好。

在写作中永远都不要害怕，不要慌张，要想办法解决问题。丽塔，你再重新"梦"一下结尾，看看还有没有其他写法。我们需要的是她做决定的那一刻有什么样的感官体验，你甚至可以用回忆的方式去描写。根据现在故事的逻辑，我们相信她会做出这样的决定，但问题是我们必须一路找到故事开始，才能知道她是什么时候做的这个决定。即使不写"你那么好，他根本配不上你"这句话，莉莉也早就做出了决定，她要做她自己，要把自己与希拉分开。至于她是什么时候做的决定，一定是隐藏在文字背后的。这个决定不仅仅意味着莉莉终于可以在公开场合用一种讽刺性的方式告诉希拉保罗是个混蛋，更重要的是，它还与莉莉的身份认同有关。所以，故事需要一个这样的时刻，而且这个决定越简单，故事就会越复杂。

另外，故事是需要节奏的，这就需要写作技巧了。一旦进入无意识状态开始写作，就要对事件的发展和情感逻辑保持敏感。这个故事很精彩，但结尾部分缺乏情感逻辑。

丽塔：写第一个场景的时候我就觉得很困难，我一直努力想把脑袋清空,想让那些我想放进大脑里的东西离开,让它们自己主动来找我……

罗伯特:这其实是一种隐藏在天地万物中的道理……我把它称为"相扑禅学"。我是一个相扑迷,家里有一个专门的卫星频道可以看日本播放的相扑比赛。接受采访的时候,很多相扑选手都只是简单地动动嘴唇说:"我要经营自己的相扑品牌,我会竭尽全力。"同学们,就是这句话,这是适用于万事万物的道理。你要尽最大的努力经营自己的相扑品牌,这里还有一层隐含意义:放开手,随它去吧。丽塔,你在这篇故事中就做到了这一点。无论什么时候,只要你尝试控制自己,给自己强加意志,去思考如何写故事,那么你不仅会控制不住自己,还会失去对自己和写作来说最重要的东西。但是丽塔做到了,你理解了我说的,也吸收了。(掌声)

这篇故事与前几篇没有写好的故事有什么区别,大家现在看出来了吗?不过,没有写好并不意味着你的故事不好,也不意味着你没有才华,这里所有的人都很有天赋,都在一些很重要的方面给我留下了深刻的印象。下课后,不要觉得沮丧和悲观,不要觉得低人一等。这学期以来,我一直尊重大家在写作上的崇高理想,所有对你们说的话都是在此基础上说出来的。你们中的有些人完全有能力创作出流芳百世的文学作品。我写过许多垃圾故事,恐怕比有些同学这一辈子写的作品都多。我只是想为你们提供一种方式,让你们从此以后以最高的标准来要求自己。毕竟,你们的相扑品牌不是我的,我教给你们的只是一个大致方向,但我并不希望大家按照我或其他人的模式去写作,这是最重要的一点。写作是非常个人化的事情,它是你自己的相扑品牌。

图书在版编目（CIP）数据

梦境风暴：无意识与小说写作 /（美）罗伯特・奥伦・巴特勒著；王旭译. -- 北京：北京联合出版公司，2024.10. -- ISBN 978-7-5596-7839-3

Ⅰ.I054

中国国家版本馆CIP数据核字第2024QW9542号

FROM WHERE YOU DREAM: The Process of Writing Fiction
by Robert Olen Butler and edited by Janet Burroway
Copyright © 2005 Robert Olen Butler and Janet Burroway
Published by arrangement with John Hawkins & Associates, Inc., New York
through Bardon-Chinese Media Agency
Simplified Chinese translation copyright © 2024
by Ginkgo (Shanghai) Book Co., Ltd.
ALL RIGHTS RESERVED

本书中文简体版权归属于银杏树下（上海）图书有限责任公司
北京市版权局著作权合同登记 图字：01-2024-4080

梦境风暴：无意识与小说写作

著　　者：［美］罗伯特・奥伦・巴特勒	译　　者：王　旭
出 品 人：赵红仕	选题策划：银杏树下
出版统筹：吴兴元	编辑统筹：王　頔
特约编辑：张莹莹	责任编辑：徐　樟
营销推广：ONEBOOK	装帧制造：墨白空间

北京联合出版公司出版
（北京市西城区德外大街83号楼9层 100088）
天津中印联印务有限公司印刷　新华书店经销
字数161千字　880毫米×1092毫米　1/32　8.75印张
2024年10月第1版　2024年10月第1次印刷
ISBN 978-7-5596-7839-3
定价：48.00元

后浪出版咨询（北京）有限责任公司　版权所有，侵权必究
投诉信箱：editor@hinabook.com　fawu@hinabook.com
未经书面许可，不得以任何方式转载、复制、翻印本书部分或全部内容
本书若有印、装质量问题，请与本公司联系调换，电话010-64072833